VENUSPASSION

von Lucia Leman

Das Original erschien 2002 in
kroatischer Sprache unter dem Titel

Muke po Veneri

Im Verlag MEANDAR, Edicija SRETNE ULICE;
knjiga 6 mit der ISBN 953-206-075-8 in Zagreb

Verlag

www.lulu.com

Deutsche Übersetzung

Vera und Verena Soukup

Gestaltung und Satz

Gerhard Freitag, Wien

ISBN: 978-1-4466-7281-5

Die Autorin

Lucia Leman (geb. Lucija Stamać) ist 1972 in Zagreb geboren. Sie wurde zuerst durch ihre Gedichtsammlung „Uranova kći", die sie mit sechzehn Jahre geschrieben hatte, berühmt. Im Jahr 1991 bekam sie für diese Gedichte den höchsten kroatischen Literaturpreis „Goran".

Es folgten die Gedichtbände:
„Istina ili ja" 1998 und „Luzifer" 2000

Als Tochter sehr gebildeter Eltern (Mutter und Vater beendeten das Studium der Komparativen Weltliteratur und waren auf der Hochschule in Zagreb tätig.) besuchte sie das klassische Gymnasium. Anschließend studierte sie Schauspiel und spielte in den Theatern in Zagreb, Wien und Graz. In dieser Zeit fing sie mit dem Schreiben von Prosawerken an. „Muke po Veneri" („Venuspassion"), eine Novellensammlung, erschien im Jahr 2002 und war ein Erfolg.
Lucia entschloss sich dann an der philosophischen Fakultät in Zagreb Komparative Literatur und Englisch zu studieren. Da sie zwei Jahre in London verbracht hatte, wuchs ihr Interesse für die englische Literatur. Sie verließ die Bühne und wurde Schriftstellerin.
„Labud" (Ihr erster Roman) erschien 2004
Das Thema des Romans ist das Leben der Schönen Helena im alten Griechenland.

„Mala sirena" („Die kleine Meerjungfrau")
erschien noch im selben Jahr 2004 in Zagreb
beim Verlag: PROFIL INTERNATIONAL. Das
ist ein Roman aus dem Leben eines
sechzehnjährigen Mädchens in Kroatien vor
dem Zerfall Jugoslawiens.

Lucia Leman übersetzte aus dem Deutschen:
„Leibhaftig", ein Buch von Christa Wolf und
aus dem Englischen 2005, John Crowley „Lord
Byron`s Novel: The Evening Land".
2008 folgte „ Večernja zemlja", beide
erschienen im Zagreber Verlag ALGORITAM.

„Mala sirena" wurde von Vera und Verena
Soukup ins Deutsche übersetzt und ist im Verlag
„August von Goethe" unter dem Titel „Die
kleine Meerjungfrau" 2008 erschienen.

Im Jahr 2007 schrieb Lucia Leman ihre
Magisterarbeit über den Dichter P. B. Shelley,
und beendete ihr Studium in Zagreb.
Momentan befindet sie sich in England, wo sie
an der Universität in Nottingham ihre
Doktorarbeit über Lord Byron verfasst.

Das Buch

„Venuspassion" ist das erste Prosawerk der
Schriftstellerin Leman. Ihre flüssige und sehr
melodiöse Prosa ist voll Überraschungen,
unerwarteter Wendungen und bearbeitet
provokative Thematik aus dem Theateralltag in
Zagreb (Eigentlich können diese Ereignisse in
jedem X-beliebigem Theater der Welt
stattfinden.), Inzest innerhalb der Familie (Das
auch ein aktuelles Thema ist.), Bulimie (Unter
den Jugendlichen sehr verbreitet), Suche nach
dem wahren Glauben im Auseinandersetzen mit
der Geschichte und dem Leiden von Jesus.

Es ist fast unmöglich dieses Buch auf Raten zu
lesen.
Die spannenden Geschichten tragen den Leser
buchstäblich über die Seiten des Buches weiter.
Mann taucht in diese Welt hinein wie in ein
fließendes Wasser, das einen mit seinem Sog bis
zur letzten Seite mitnimmt.
Man spürt eine tiefe Sehnsucht nach Liebe und
mehr Menschlichkeit.

Das Buch hat viel Humor, Tragik und vor allem
ist es eine großartige Unterhaltung mit
Hintergrund.

VENUSPASSION

Veronika Stinke litt fürchterlich unter ihrem Familiennamen. Weder hatte sie ihn gewählt, noch durch irgendetwas verschuldet. Ihr Vorname dagegen assoziierte auf lyrische Verliebtheit, auf eine solche, die Inspiration weckt. Ein schöner Name: und erst das Mädchen...

Veronika war zweifellos die Schönste in der Metropole, vielleicht sogar im weiteren Umkreis. Ihr perfekt gebauter Körper, das Renaissance-Gesicht, das lange rote Haar und die durchsichtige Haut würden sie als die

Schönste, an jedem Wettbewerb der schönen Frauen qualifizieren. Aber, Veronika hasste Wettbewerbe seit eh und jäh. Sie hasste den Vergleich mit irgendwem oder mit irgendetwas und anachronistisch strebte sie eine Vollkommenheit an. Sie war stolz auf ihr Herz, ihre Seele und ihren Verstand. Als sie sich mit achtzehn Jahren entschloss, ihren verhassten Nachnamen abzustoßen und den Taufnamen in Venus umzuändern, erschien das als ganz natürlich und verdient.

Dr. Stinke, der biologische Vater von Venus, war ein Politiker kleineren Formats, ein Hochschulprofessor, ein Ultrarechter, ein glühender Verehrer von Dr. Ante Pavelić und Autor der vielen Doktorat-Abhandlungen und Streitschriften, welche die Rehabilitierung dieses großen Mannes zum Thema hatten.
Er war auch ein unersättlicher Ficker aller neu-inskribierten Mädchen, die nicht genug informiert waren und bei ihm eine Prüfung angemeldet hatten. Aber Dr. Stinke war zu all dem auch ein glühender Katholik der sich bei jeder Mahlzeit, vor jedem Essen, das serviert wurde bekreuzigte, nach dem Grundsatz: Je mehr Anwesende, um so glühender.
Unter Alkoholeinfluss scheute der geschätzte Doktor auch nicht davor zurück die eigene Tochter zu vergewaltigen. So oft ihm die Penetration gelungen war, so viele dunkle Löcher sind heute noch in den Erinnerungen der Venus an die Zeit vor der Pubertät.

9

Frau Stinke war eine unsichtbare, nicht anwesende Frau, die, durch Pferdedosen von Beruhigungsmitteln und einem Vorhang aus Zigarettenrauch, von dem die Mauern der ganzen Wohnung buchstäblich schwarz waren, für immer von der Wirklichkeit getrennt war. Morgens beweinte sie ihre verlorene Schönheit und nachmittags ihr sinnloses Leben. Ihre einzige Tochter verurteilte sie zum einsamen Kampf ohne jegliche Hilfe.

Venus war ganz offensichtlich ein genauso guter Mensch wie sie schön und klug war. Sie war eine physikalisch wie kosmisch vollkommen symmetrische Gleichung. Ist das nicht genug um Erfolg zu haben? Sie irren sich.

Die zu frühe und grobe Defloration seitens des eigenen Vaters bildete um den Körper der Venus eine betörend duftende Aura in ultraorange, in Form einer Möse. Wohin sich das arme Mädchen auch wendete, begegneten ihm ein Paar unersättliche Augen - egal ob sie fünf oder hundert fünf Jahre alt waren - und eine Menge lüsterner Absichten: ihr Unglück, so schien es, weckte in jedem Mann eine gewalttätige Sau.

Hätte es Venus gelüstet mit Wildebern zu bumsen, hätte das De Sade geschrieben. Aber hätte sie sich ihres Unglücks wegen umgebracht, dann hätte das irgendwer anderer geschrieben.
Nun, ich werde über das Mädchen schreiben, das die ganze Liebe, welche die anderen durch

Vögeln und Beleidigungen ersticken wollten, in einen einzigen Traum lenkte: den Traum vom Ruhm, vom absoluten, echten und unwiderruflichen Ruhm, für den es sich zu leben lohnt. Venus hatte entschieden, Schauspiel zu studieren.

* * *

Mijo, der Gute, war ein echter self-made Mann. Er wurde in einem Dorf geboren, das seinen Namen trägt; kam in die Hauptstadt und begann ein Studium bei dem geachteten Herren Dr. Stinke. Das Lernen war nicht so das Seine, aber als er seinen Mentor mit einigen frischen und feinen Möschen, die er als seine Cousinen vorgestellt hatte, bekannt gemacht hat, beschloss Dr. Stinke ihm einiges nachzusehen. Und so schaffte Mijo irgendwie die Hälfte des Studiums. Niemand ist vollkommen! Doch man muss es zugeben: Mijo, der Gute, hatte Charme, sowie die Gabe, die Seele der Frauen zu verstehen. Vor allem jene Künstlerseele, die unverstanden und ohne elterlicher Fürsorge in der Nähe war.

Nach der Premiere des „Polyprophylytryon" bemerkte Venus, wie ihr Mijo, de Gute, von der anderen Seite des Theaterbuffets zuzwinkerte und ihr lässig an die Theke gelehnt mit dem Händchen Küsschen schickte. Sie lächelte zurück. Innerlich musste sie schallend lachen, während Mijo, der Gute, eine Liste von Kontakten, Bekanntschaften und Beziehungen, die der Venus nützlich sein könnten, aus dem Stegreif improvisierte – wenn sie ihm nur erlauben würde, ihr Manager zu sein

Der Regisseur, Sislav Blöke, hat Frauen nie geliebt. Am wenigsten mochte er die so genannten Möschen: diejenigen welche auf Männer anziehend wirken. Aber jetzt musste er also unter dem Druck der Theaterleitung, seines Väterchens des Dramaturgen und seines Liebhabers (eines arbeitslosen Ballett-Tänzers, der unter allen Umständen die sexbetonte Choreografie für jene Aufführung durchsetzen wollte), gerade für diese Aufführung Regie machen.

Eine Komödie über ein Möschen! Über ein so schönes Frauchen, in das sich selbst Jupiter verliebte. Frauchen so unwiderstehlich, dass der eigene Ehemann keine Vorhaltungen machte als ihre Untreue entdeckt wurde; über ein Frauchen, das genug Frechheit besaß, das Glied des Ehemannes mit dem anderen, göttlichen, zu vertauschen und später zu behaupten, die beiden seien so ähnlich, dass sie Gott vom Ehemann nicht unterscheiden konnte.

Aliena: die Supermöse.

Venus, nomen est omen: du bist wie sie.

Die Superschauspielerin.

Sislav hasste die Leichtigkeit mit welcher dieses Kücken die sexuellen Choreografien mit ihrem Partner inszenierte (sicher wurde er auch privat eingewickelt!) Er hasste, die für ihn unbegreifliche Geschwindigkeit im Verstehen der Absichten des Schriftstellers bei dem Gestalten des dramaturgischen Textes, und vor allem die Schönheit; die pure Schönheit dieses muskulösen knabenhaften Arsches, welcher sich, vor seinen Augen dem Glied des blonden Jupiters anbot und sich schmeichelnd zurückzog, um im nächsten Augenblick näher zu kommen, fast bittend, dass er ihm energisch die Backen auseinanderdrückt und sich dazwischen drängt. Die Kleidung störte den Jupiter, so schien es. Verfluchte Möse!

Einige Male führte er den Schauspieler, Jupiter, nach der Probe nach Hause und bemühte sich zu erfahren, ob es möglich sei, dass ein so schöner, kerniger Machomann privat jene gebraucht, na diese kleine Venus. Bei einer Gelegenheit wagte Sislav die Hand auf seinen Schenkel, nahe dem Geschlecht, zu legen. Aber der Schauspieler blickte ihn mit so einem Gesichtsausdruck an, dass der Regisseur Angst um seine Eier und seine Nieren bekam.

Doch zwei Tage vor der Generalprobe drehte Sislav definitiv durch. Er bestellte Venus zu einem Gespräch in die Garderobe, eine Stunde vor der Probe. Dort wird er ihren provokativen Frauenarsch vögeln und ihr dabei die Haare vom Kopf reißen. Das wird die Rache sein: eine totale Demütigung. Wen kümmert die Premiere! Sowieso wollte er nie Vorstellungen mit Frauenrollen machen.

Venus kam mit einer kleinen Verspätung, ganz außer Atem, mit Bangen, aber trotzdem voll Hoffnung in die Unterredung: mit Liebe für die Rolle und Vertrauen in die eigene Intuition, die ihr schüchtern zuflüsterte, dass doch alles in Ordnung sein werde.

Sislav räusperte sich gründlich und fing an: „Ehm, khm…Liebling, ich habe das Gefühl du würdest mich nicht lassen…schau…das äußert sich…am Schauspiel…an der Qualität meiner ganzen Aufführung…und wie Michel Foucault oder Jacques Lacan sagen würde…erotisch sein…im Körper sein…das heißt…"

Venus unterbrach ihn: „ Was??? Bist du denn nicht mehr schwul, Sislav? Außerdem, was kannst du mir schon antun? Weder hast du mich hierher gebracht, noch hast du mir die Hauptrolle gegeben, noch liegt dir was am Erfolg der Premiere. Nicht wahr? Dein Alter hat mich hergeholt. Er hat alles organisiert. Er verpasste dir auch das zehnfach höhere Honorar auf Kosten des Saisonbudgets von diesem Theater. Der Choreograf richtet dir deine Eier. Und was plagt dich jetzt noch? Wenn du dich um die Aufführung nicht kümmerst, mir aber ist sie wichtig!"

Sie stand im Nu auf und lief hinaus. Im Theaterbuffet kamen Sislav allseits wütende Blicke entgegen. Da sie vor dem Schlimmsten fürchtete, hatte Venus in der Garderobe den Lautsprecher eingeschaltet, so wurde ihr Gespräch (und das bis zu diesem Augenblick sorgsam gehütete Geheimnis über die Höhe des Regisseur-Honorars) im ganzen Theater verlautbart. Das hörte auch Sislavs Freund und rastete wegen der Anmache an die Venus völlig aus. Er gab seinem Liebhaber sofort, vor den Augen der ganzen Öffentlichkeit, einen Tritt. Blöke bekam das Knie in die Eier – wenigstens für diesen Abend.

* * *

Die Premiere war überraschend gut verlaufen. Bei der Premierenfeier bekam Venus allseits Gratulationen und sie lächelte, lächelte, lächelte...Sie kniff ihren empfindlichen, kleinen Magen zusammen. Eine schöne Schauspielerin ist eine verfluchte Möse, die gescheite Schauspielerin eine verfluchte Mieze. Hinter den Worten des Lobes und krampfhaft lächelnden Masken der Theaterprominenz sah sie klar:

Mösemieze – Miezemöse –
- Möse, Möse –
- Mieze, Mieze –
Euer Bild – für eure Seele.

Und dann ging sie doch ins WC und erbrach.

* * *

Mijo, der Gute, hatte die Erlaubnis bekommen, eine halbe Seite auf einer der letzten

Seiten der „Abendzeitung" über Venus zu schreiben.

Zu Venus sagte er aber, sie hätten auf einer Doppelseite Platz bekommen unter der Bedingung, dass sie sich nackt fotografieren ließe. Diese Fotos würden ihm später freilich willkommen sein. Etwas retuschiert und mit Hilfe von Fotomontage würde er sie dann an Pornofans in Bosnien – Herzegowina, in Slowenien oder über das Internet verkaufen. Oder nur um sie den Burschen der Stadt zu zeigen. Er würde sie nie damit erpressen. Mijo, der Gute, war wirklich ein goldiger Kerl.

* * *

Snješka Bijelić war, vor ungefähr zwanzig Jahren, eine super Biene. Cool by association.

Snješka war damals die unzertrennliche Begleiterin des berühmtesten Rockmusikers am Balkan, der Ikone einer ganzen Generation.

Das Zusammensein mit so einem Typen kann jemandem das Leben retten und alle nicht vorhandenen, magischen Eigenschaften in einem Menschen schaffen, zum Beispiel: Schönheit, Geist, Charme, Humor, Charisma neben dem unvermeidlichen Gefühl ein Auserwählter zu sein. Denn, Snješka war tatsächlich ausgewählt, wie eine Birne aus einem Haufen von Birnen: durchgekaut, geschluckt, verdaut und wieder ausgeschieden, bevor sie überhaupt begriffen hatte, was tatsächlich geschah.

An ihre Stelle kam die liebliche, zehn Jahre jüngere Holländerin, die keine Ahnung von Balkansprachen hatte, was allerdings die besoffenen Flüche und ordinären Gemeinheiten des Rockers fast schmerzlos machte. Und was Schläge betrifft: Welcher Balkanmusiker würde eine Frau, die einen westeuropäischen Reisepass besitzt, schlagen?

Also, Snješka wurde wieder das, was sie vor der Verbindung mit ihrem Rocker war: Keine Besonderheit. Sie entschied, Regie zu inskribieren, um zu lernen wie man den anderen Schmerzen zufügt, und sie wollte wieder Jemand sein. Aber mit Männern ging ihre Arbeit nicht sonderlich gut. Ältere Burschen mieden sie wie eine Hausecke, die von einem viel größerem und kräftigerem Hund schon bepinkelt worden ist. Jüngere Knaben waren zu jung, um den Wert der verbitterten, reifen Frau zu schätzen, deren banale Reize schon ziemlich verblasst waren. Aber Frauen… Eine ganze Schar erfolgloser Frauen, schwesterlich mit Seilen aus Frustrationen, Niederlagen, Erniedrigungen, Erinnerungen an falsche Männer verbunden; und vor allem solidarisch in der Bosheit zu den jüngeren, glücklicheren und erfolgreicheren als sie …

O, ja: Die Frauen waren etwas ganz anderes. Und so wurde Snješka Lesbe.

* * *

An diesem Abend war Venus besonders traurig. Im Laufe des Nachmittags, im Theater, hatte sie sogar acht Mal erbrochen und anschließend noch zwei Mal im WC des Kinokaffees, während dem Date mit Mijo. Aber Mijo, der Gute, war besonders aufmerksam und ein Kavalier.

Es regnete in Strömen: Nach Novi Zagreb war es näher, als zur Wohnung der Stinke`s. Nun, Venus wollte nicht am Erbrechen sterben, wenigstens nicht an diesem Abend. Und so schlichen sie durch die kleine Wohnung der rechtmäßigen Gattin von Mijo (welche alle Rechnungen bezahlte und nie zu Hause war), bis zu Mijos Zimmerchen. Ein großes Bett, ein kleiner Nachtkasten voll mit astrologischen Büchleins und New-age Handbüchern... Der Gute zog seine Jeans aus und dann auch das Hemd. Die lange Unterhose und das Langarmunterhemd behielt er an. *Das wird lustig werden!* Venus lachte immer gerne, aber meistens war ihr Lachen wie eine Grotte unterm Meer, versteckt.

Der Gute wird mich im Unterhemd, Unterhosen und Socken vögeln, wie ein entflohener Sträfling. Seiner Frau wäscht er, vermutlich mit der Zunge den Schmutz zwischen den Zehen, aber meinetwegen würde er nicht einmal die Unterhose ausziehen...Nicht einmal die Bettwäsche würde er wechseln.... Auf mir ist ein alter Stempel. Verfluchter alter Stinke.

Stinke's Studenten. Vasallen. Publikum. Der Kreis schließt sich...

Mit der Absicht den Gang der Dinge zu beschleunigen, legte Venus ihre Hand auf sein Glied, das sich groß anfüllte, aber sonderbar ruhig war – wie eine betäubte Schlange. Stinke nahm sein Glied heraus: Uringeruch, Haare, das dunkle Glied.

Kann ich denn noch erbrechen? Offensichtlich kann ich es... Ich sehe nichts mehr klar, höre auch nichts... Irgendwo in der Ferne trägt Stinke ein Lavoir, wäscht das Erbrochene... Alle Beweise müssen bald verschwinden.

Gott sei Dank, es ist Morgen. Der Gute kocht mir Pfefferminztee, beobachtet meine geschwollenen Augenringe, Reste nicht abgewaschener Schminke. Wir taten es nicht, aber er wird Allen lustig von irgendwelchen fremden Siegen erzählen: also, kommt es auf dasselbe heraus. Er habe kein Auto, sagt er. Macht nichts. Ich würde sowieso lieber mit der Straßenbahn fahren.

Das Interview wurde eineinhalb Monate später veröffentlicht, genau nach der Vereinbahrung: die halbe Seite auf einer der letzten Seiten der „Abendzeitung".

* * *

Snješka Bijelić versäumte es niemals die Zeitschrift „Gloria" zu kaufen. Darin ist ihre Königin, die rothaarige Märchenprinzessin, das blasse Top-Modell, die junge Venus. Die Göre weiß was sie hat und scheut sich nicht, das zu zeigen. Die Kleine ist auch bekannt: angeblich weist sie alle Männer ab... Hmmmmmmmmm!... Die Fotos im „Globus" zeigen noch mehr, und das Halbverdeckte ist eine Wonne, sich das vorzustellen. Snješka schiebt die Hand zwischen die eigenen mächtigen Schenkel und fängt an heftig zu wichsen. Oder träumt wenigstens, dass sie wichst.

* * *

Venus liebte es nackt Modell zu stehen. ...Das entspannte sie, amüsierte. Instinktiv wusste sie wohin mit den Händen und mit den Augen. Sie schämte sich überhaupt nicht für ihre Schönheit, fürchtete nicht mehr den menschlichen Neid, die Bosheit oder Begierde, nachdem sie allen drei Eigenschaften praktisch täglich begegnete. Außerdem, jetzt fotografierte sie Fred Glückspilz: ein König unter den Fotografen und ein persönlicher Freund der Venus.

Mit anderen Worten, ein Mensch der sie so schön fotografieren kann, muss einfach ein Freund sein. Gut, wenigstens ein klein wenig Freund. Glückspilz mag Menschen sonst nicht besonders. Er mag sie nicht berühren, duldet keine übertriebenen Zärtlichkeiten,

Höflichkeiten, Nähe... Das Einzige was er sich wünscht ist, sich im Dunkeln hinter dem Glas des Objektivs selbst zu befriedigen. Das ist sauber und sicher.

Die Kamera fing den verwunderten, mitleidigen Blick der Venus auf, der ohne jeglichen Ekel oder Verurteilung war. Botticelli hatte seine Venus, und Fred Glückspilz hatte nun seine eigene...

Manchmal trat er aus dem Halbdunkel heraus, so konnte sie sein kleines Glied, welches mit dem Pelz der Schamhaare geschmückt war, sehen und konnte sich an Exhibitionisten erinnern, die um Volksschulen lauern. Aber das dauerte im Prinzip nur einen Augenblick. Bald entstand am Parkettboden eine Pfütze: ohne einen einzigen Laut, ohne ein einziges Wort. Ja, ja – sauber und sicher.

Manchmal gesellte sich auch Tieze Drogenmieze zu ihnen, eine junge Video-Spot Regisseurin und alte Freundin von Glückspilz. Drogenmieze hat im Alter von fünf Jahren mit Drogen angefangen und kam schon mit dreißig ins hohe Alter. Sie hatte sehr kleine, sehr scharfe und sehr faule Zähne, die gelb wie Ton waren, wie die von Johnny Rotten von den Sex Pistols. Sie liebte nackte, schöne Frauen anzusehen und behauptete hartnäckig, sie tue es nur aus Spaß.

Für Venus empfand sie, dem Anschein nach, echte Sympathie. Sie tauschte ihr Geburtsdatum mit dem der Venus ein. Ihren zu

21

großen Fuß zwängte sie in die Schuhe der Größe der Venus. Ständig borgte sie sich ihren Lippenstift aus und versuchte ihn vergeblich über die eigenen immer aufgesprungenen Lippen, mit Herpes in beiden Ecken, aufzutragen... Im Grunde war Tieze ein gutes Mädchen. Venus fasste Vertrauen zu ihr, als sie einmal zufällig dazu kam, wie sich Tieze am WC übergab. Für jede Bulimie-Kranke hatte sie schwesterliche Gefühle. Aus Freundschaft spielte sie bei ihren zwei Videospots total umsonst. Das seltene Werben der älteren Rocksänger wurde von den strengen Ehegattinnen abgeschnitten, und so wurde das Ganze zu einer sehr angenehmen Erfahrung. Außerdem hatte Drogenmieze begonnen, ein autobiografisches Drehbuch für einen Film zu schreiben, in welchem Venus sie darstellen sollte: natürlich, in einer utopisch idealen Fassung.

In der Zwischenzeit nahm die Regisseurin Snješka Bijelić mit Venus Kontakt auf und bot ihr die Hauptrolle im Musical an, das sie in Rijeka auf die Bühne bringen wollte. Das erste Mal in ihrer Karriere wird Venus singen können – noch dazu Lieder, die gerade für sie komponiert wurden! Nichts hatte Venus bis jetzt so erfreut wie dies und sie machte sich mit Begeisterung an die Vorbereitungen für ein neues Kapitel in ihrer Karriere.

Snješka Bijelić bestand darauf, dass Venus zusammen mit ihr, in einem Appartement zehn Kilometer von Rijeka entfernt wohnt, mitten in einer idyllischen Wildnis. Morgens kamen die diskreten Angestellten, räumten das Wichtigste auf, füllten den Kühlschrank und verschwanden geräuschlos wieder. Aus jedem der drei Zimmer sah man auf das offene Meer.

Snješka kündigte ein baldiges Kommen der Choreografin, Kostümbildnerin und des Komponisten an. Nun fühlte sich Venus besonders geehrt: wie auch jeder Schauspieler, der in der Mitte des A-Teams einer Aufführung steht. Eigentlich hatte Venus gehofft, dass Snješka mit ihr über die Aufführung, über die Rolle, über die Arbeit sprechen wird... Aber die Regisseurin sprach einzig und allein darüber, wer was in „Gloria" gesagt hatte und berichtete dann ausführlich über ihr Glamourleben mit dem Balkanrockstar, das vor zwanzig und mehr Jahren stattfand, als Venus noch nicht geboren war.

Am dritten Tag ihres Aufenthaltes im Appartement von Snješka, klopfte ein Gast an die Tür. Er hatte grüne Augen und Pupillen, so dunkel wie tiefe Brunnen. Groß und kräftig war er und lächelte wie ein ins Spiel vertieftes Kind. Unterm Arm trug er eine Malermappe.

Er war der schönste Mann, den Venus je gesehen hatte.

* * *

Branko Lignya wurde schon als Maler geboren. Im Alter von vierzehn Jahren riss er von Zuhause aus: über die Grenze direkt nach Venedig, in die Hauptstadt der Dekadenz. Er begann Bass-Gitarre zu spielen, sprang rechtzeitig auf den Trend des Post-Punks auf und bekam Reputation als eine Art gothischer Jimmy Hendrix. Lignya verdiente mit seiner alternativen Rock-Musik genug, um sich das Studium der Malerei zu finanzieren, aber er hatte nie die Absicht Berufsgitarrist zu werden. Er war zu individuell, zu verliebt in die eigene Kreativität... und er hatte auch verflucht viel Erfolg bei Frauen, was ihm nicht zu Gute kam.

Beim Auftritt seiner Band als italienische Vorgruppe bei The Sisters of Mercy, freundete sich Lignya mit dem Frontmann Andy Endrich so intensiv an, dass ihm die Zusammenarbeit des Jahrhunderts mit den Goth-Legenden entgegenwinkte. Aber als Lignya - unter dem Einfluss einer durchzechten Nacht – wagte, den ganzen minderjährigen Harem von Endrich zu vögeln, wurde die Zusammenarbeit plötzlich abgebrochen und damit auch die ernste Rock-Karriere. Obwohl es ihm gelungen war in Venedig das Studium der Malerei abzuschließen, kam Lignya nach Hause, nach Kastav zurück - warum, das weiß niemand. Jedenfalls heiratete er recht bald, bekam Kinder und begann als Bühnenbildner im lokalen Theater zu arbeiten.

Snješka Bijelić kannte er dem Erzählen nach, als ehemaliges Anhängsel des Balkan-

Rockers. Jetzt erwartete ihn die Arbeit an ihrer Vorstellung. Lignya glaubte nicht mehr an Überraschungen, aber die Begegnung mit Venus erschütterte ihn mehr als ein Schlag des Meerrochens. Es war keine Liebe auf den ersten, sondern auf einen einzigen, kosmischen Blick. Wen schert schon die griesgrämige Ehefrau, drei kleine Kinder und die Wohnung in der Vorstadt an der Spitze des Wolkenkratzers, während ihn seine Muse, seine Inspiration, die aus dem Meer geborene Schöne, ansieht.

Snješka beobachtete die beiden, wie sie einander ansahen. Sie hörten nichts, sie sahen nichts und nahmen ihre Anwesenheit gar nicht wahr. Ihr Verliererinstinkt läutete Alarm: Ihre kleine Schauspielerin wird nie die ihre sein. Wieder wurde sie von jemandem verraten, übertroffen, vernachlässigt: - Aber sie wird sich rächen. Sie wird ihre Pläne durchkreuzen. Jeden gemeinsamen Augenblick wird sie ihnen vergällen, bei den kommenden Proben oder privat. Auch wenn der Preis ihre eigene Theatervorstellung wäre. Schon am gleichen Abend wird sie zum Angriff übergehen. - Doch die frisch Verliebten ahnten das alles noch nicht. Alles war neu.

In dieser Nacht träumte Venus, dass eine schwarze Bulldogge grunzend den Kopf zwischen ihre Beine schiebt und sie dabei mit der Schnauze kitzelt. Sie schlief nackt wie immer, so spürte sie klar an ihrer zarten Haut den heißen, kitzelnden Atem. *Jesus, wie eine*

Dampfmaschine! Kichernd öffnete sie die Augen und begriff, dass der Traum Wirklichkeit war und dass, zwischen ihren Beinen nicht der Kopf einer schwarzen Bulldogge, sondern der, der Regisseurin Snješka Bijelić war, die wie eine Dampflok schnaubte beim Versuch ihre große, raue Zunge zuerst in die eine dann in die andere ihrer Öffnungen zu schieben.

Venus sprang augenblicklich aus dem Bett, griff zu ihrem Mobiltelefon, das auf dem Nachtkasten lag, zog den Schlüssel aus dem Schloss und flog aus dem Zimmer. Schnell sperrte sie die Lesbe im Zimmer ein.

Ha! Schnell wie Bruce Willis! Wer hätte das gesagt? Ich angelte sie wie einen angesengten Wels! Was das für eine Filmszene wäre...Pfui!...Ob mir das jemand glauben wird?

Rasch wählte sie die Nummer von Branko Lignya. Zuerst meldete sich die verschlafene Ehefrau, dann er. Das Wichtigste ist: Hilf mir nur weg von hier. Kurz beschrieb sie die Situation.

Lignya kam in seinem Auto, führte sie ins Hotel. In dieser Zeit hörte man aus dem Zimmer der Venus keinen Mucks von Snješka. Es wird ihr doch nicht das Herz vor lauter Gier versagt haben?... Oder fürchtete sie Branko Lignya, der nach dem Hören-Sagen sehr ungut sein kann, wenn er böse ist? Wer weiß. In der Früh wird sie wahrscheinlich durch die

Pensionsangestellten gerettet. Bis dorthin soll sie vom Balkon pinkeln.

Im VIP-Appartement des Hotels, wo sie Lignya eilig untergebracht hatte (der Hoteldirektor war sein alter Freund), bat sie ihn, sie in dieser Nacht allein zu lassen. Eigentlich nicht deshalb, weil sie es so wollte.

Zu gut erinnerte sie sich an die Episode des Erbrechens bei Mijo, dem Guten. Zu gut war ihr in Erinnerung der alte Stinke, der hässliche, betrunkene, lüsterne Zwerg; der sie jede zweite Nacht ansabberte, immer nach zwei Uhr nachts. Am Morgen danach würde sie wieder zu spät in die Schule kommen und sich in der zweiten Stunde mit allem was ihr gerade einfiel, für ihr Fehlen entschuldigen. Jene zweifelnden, missbilligenden Blicke der Lehrer. Sie so eigenartig blass, müde mit dunklen Ringen unter den Augen

Sie schluckte das aufkommende Sodbrennen und bat noch einmal Lignya, er solle nach Hause zurückgehen, zu seiner Frau. Der grüne, grüne, grüne Blick eines wütenden Katers in der Nacht. Seine Hand packte ihre üppigen Haare im Nacken und zog ihr den Kopf nach hinten. Der weiße Hals öffnete sich ihm entgegen: er sah ihn nur an. Es folgte ein Kuss auf den Mund, wie künstliche Beatmung. Ein heftiger, grober und doch so machtloser Kuss. Unbewusst öffnete sie die Lippen, aber es war schon zu spät: Polternd schlug er die Tür hinter sich zu.

Ein gratis Aufwecken für die Hotelgäste. - Es ist auch besser so.
Diese Idylle wird ihr kein Erbrechen, kein sich Verleugnen verursachen. *Eigentlich, habe ich schon gesiegt.*

* * *

Die Premiere ging irgendwie vorbei, und tatsächlich auch die ganze Saison. Venus wurde gelobt, Lignya genauso. Aber es war nicht leicht.

Während der ersten Proben bekam Snješka immer wieder epilepsieähnliche Wutanfälle. Einige Male musste man sie an die frische Luft hinaustragen. Natürlich, wusste bis dahin schon die ganze Stadt von ihrer Leidenschaft für die junge Schauspielerin.

Andere Schauspieler scherzten, dass die Regisseurin eine Erektion bekommt und von der hysterischen Begierde in Ohnmacht fällt jedes Mal, wenn sie Venus in den Strapsen tanzen sieht. (Snješka bestand auf der Reizwäsche, welche leider gar nicht dem Rollenkontext und der Aufführung entsprach, dafür aber perfekt an der Venus wirkte.) Lignya zeichnete die ganze Zeit glaubhafte Karikaturen von Snješka Bijelić: mit dem Gesicht einer Bulldogge und den Vorderzähnen eines Bibers. So wurde Snješka vom ganzen Ensemble des Theaters in Rijeka bald „Bulldogge" genannt.

Venus übergab sich mindestens zwölf Mal am Tag. Sie verlor ungefähr zehn Kilo

Körpergewicht und bekam den Blick eines sterbenden Paradiesvogels. Die Haare fielen ihr stark aus. Nur, potenzielle Ficker wurden nicht seltener. Im Gegenteil, als ob ihr Verfall ihnen neue Heftigkeit gegeben hätte.

Aber das einzige was Venus noch wollte, war: Ihre angefangene Arbeit gut, so gut wie möglich, zu beenden. Dass sie nichts und niemand dabei stört, weder Snješka, noch das Erbrechen und auch nicht Lancelot Lignya. Wenn sie schon leidet, dann soll es sich auszahlen. Deshalb bat sie Lancelot Lignya um einen Freundschaftsdienst. Er möge sich um Snješka Bijelić kümmern, sie ordnungshalber vögeln, ihre Aufmerksamkeit von der Venus ablenken. Ein ausgezeichneter Trick!

Lignya, als echter Ritter der Traurigen Gestalt, übernahm diese unliebsame Aufgabe mit viel mehr Begeisterung als seine schöne Dame zu hoffen wagte. Snješka Bijelić fühlte sich bald offensichtlich besser. Sie hatte den Überblick, wie ein echter Regisseur. Siegesbewusst lächelte sie in Richtung Venus und scheinbar unbewusst richtete sie ihre üppigen Brüste zu Recht, während sie auf dem Regiestuhl saß.

Sie glaubte ehrlich, sie sei fatal. Snješka Bijelić genoss es, wieder gevögelt zu werden. Venus genoss es, in Ruhe an ihrer Rolle arbeiten zu können und seltener zu erbrechen.

Und der Hochwohlgeborene Lignya genoss die Flucht aus der provinziellen Ehe und aus der Routine des Vögelns der eigenen

Ehefrau, beziehungsweise der Ehefrauen seiner Freunde. So haben alle etwas bekommen.

Die einstweilige Arbeit in Rijeka dauerte noch eine Zeitlang und kam dann zum Stillstand. Im selben Augenblick sagte auch etwas im Inneren der Venus: Stopp. Etwas richtete sich in ihr auf, wie ein Schilfrohr von dem ein Vögelchen abflog: oder wie eine Seele, die begriffen hatte, dass sie endlich fliegen könnte? Venus machte sich nichts mehr aus den glänzenden regionalen Theaterkritiken und dem Publikum, das meistens aus Mittelschülern bestand. Zuviel des göttlichen Atems aus ihrem Mund hatte das Wasser von etlichen WC Muscheln geschluckt.

„Sie sind am stärksten wenn sie sterben, oder wenn sie weggehen." - Wer hatte das gesagt? Plato? Castaneda? Marilyn Monroe? Oder das anonyme, tapfere und schöne Herz der Venus? *Never mind.*

Venus wusste genau was zu tun war. Und die Gelegenheit kam: Als Tieze Drogenmieze am Schluss mit ihrem Drehbuch und dem nötigen Geld für die Aufnahmen erschienen war, sagte Venus ab.

Der Film hätte den Titel: „Tieze D. und ein Bächlein Kotze" tragen sollen. An sich beleidigend und bagatellisierend. Niemand kannte das Thema Bulimie besser als die Venus, und Menge an Schmerzen und Erniedrigungen, die, die Opfer dieser Krankheit mit sich schleppen. Warum über sie spotten? Warum sind die weiblichen Regisseure größere

Frauenfeinde als irgendein Mann? Freud hatte vielleicht Recht: Penisneid.

Wie dem auch sei, Venus entledigte sich des dubiosen Projektes und fuhr nach Wien. Sie erinnerte sich ihres ausnehmenden Erfolges beim Lernen der drei Weltsprachen (neben dem obligatorischen Griechisch und Latein).

Im Laufe der kommenden zwei Jahre hörte man nichts mehr über Venus. Dann begannen verschämt, tropfenweise ausländische Berichte, Kritiken von kleinen Erfolgen zu erscheinen. Sie wissen schon wie das geht: eine ganze und eine halbe Seite über die Miss-Wahl im Bezirk Lika-Senj, und knapp daneben eine viertel Seite mit Kultur im Allgemeinen. – Diesmal entstand es dank außerordentlicher Aggressivität der Journalistin, die nach Wien pilgerte um Venus zu sehen und darüber eine Reportage zu schreiben. Die Öffentlichkeit in der Metropole erfuhr so hinten herum, dass auf ihrem Boden ein österreichischer Stern entstanden war.

* * *

Venus näherte sich im stabilen Kurs dem dreißigsten Geburtstag. In Wien verdiente sie pro Aufführung zwanzig Mal mehr als ihre Kollegen in der Heimat. Sie ist, ohne Rücksicht auf das uniformierte Schreiben der Medien in der Metropole, die einzige Schauspielerin, die sich ganz allein im Ausland etablierte. Sie konnte sich voll der neuen Umgebung anpassen, als ein privilegiertes, nicht alltägliches Element. Die Venus. La Venise.

Auf der Bühne kann sie weder einen Fehler machen noch sonst irgendetwas anderes sein, als eine die man unbedingt liebt. Egal was sie spielte.

Aber es gibt Menschen die sich im Privatleben vor ihrer geisterhaften Blässe ängstigen: Sie sah beinahe aus wie ein Gast aus dem Totenreich.

Wenn sie wüssten, dass ihr Blut nicht mehr rot ist, sondern ein durchsichtiger salziger Saft ähnlich den Tränen; auch ihre Menstruation sieht so aus. Das Blut ist zusammen mit dem Drang zum Erbrechen ausgeflossen.

Venus dachte nicht einmal an das Vergangene. Nur manchmal träumte sie von ihren ehemaligen Landsleuten aus der Metropole. Sie träumte immer, wie sie sich Indianern gleich mit ihrem Erbrochenen beschmieren: dann tanzen sie einen Regentanz des Erbrechens und zum Schluss ficken sie sich gegenseitig in den Hintern... Ein kleiner Zug der Liebe. Dies ist zumindest das Jenige, was die meisten Menschen unter Liebe verstehen, nicht wahr? Etwas muss es geben.

Bis der alte Stinke nicht gestorben war, hatte Venus nicht die Absicht in die Heimat zurück zu kehren, und vielleicht auch dann nicht. Nur, der alte Stinke ist nach wie vor ziemlich lebendig und vital. Er richtet seine bekannte Tochter bei jedem, der ihm einen Cognac oder Schnaps bezahlt aus und erzählt wahre Geschichten darüber, wie Venus schon als ganz junges Mädchen eine echte Dirne aus der Apokalypse war... Dazu hat der vitale Doktor neue Übereinstimmungen in der Biografie von Dr. Pavelić entdeckt, die mit seinem Leben im Einklang sind: Beide sind Drittgeborene Kinder, im Horoskop beide Waage, und außerdem sind sie natürlich beide „Dr.".

Mijo, der Gute, ist heute ein führender Theaterkritiker, vor welchem die Knie aller Regisseure schlottern und die Höschen aller Schauspielerinnen herunter rutschen. Er ist noch immer gleich fröhlichen und gütigen Gemütes und hilfsbereit.

Snjeska Bijelic schaffte es bis zur Regisseurin eines Theaters, welches in so einem Chaos und Zerfall ist, dass sie hier weder helfen noch schaden kann. Ihre Kollegen Regisseure und Schauspieler meinen, es sei die Hauptsache, dass sie nicht mehr zum Regie führen kommt.

Branko Lignya hatte - inspiriert von Venus - an die zwanzig Leinwandbilder und ungefähr fünfzig Grafiken gemalt: ein Zyklus, den die Kritiker besonders achten und loben. Sie betrachten ihn als natürliche Nachfolge der Tradition von Dimitrije Popović: wegen des

33

Erlebnisses einer berühmten Schauspielerin als Muse und wegen der Dualität „Frau-Göttin".

Frau Lignya, Mutter von drei Kindern, weder jemals gemalt noch modelliert, musste mit dem Antlitz der Inspiration, welches nicht das ihre ist, fertig werden; stoisch und mutig, wie auch bisher.

Tieze Drogenmieze ist es gelungen ihr Drogenwerk zu verfilmen, und das mit der Pornodarstellerin Uschi Muschi in der Hauptrolle. Fräulein Muschi spielte vor der Kamera überzeugend und mit viel Enthusiasmus all das, was Venus nie gespielt hätte, und das ohne Honorar.

Vom Fotografen Fred Glückspilz ist jede Spur verloren gegangen.

* * *

Betätige noch einmal die Spülung, Venus, damit auch die letzten Reste vom Rande verschwinden. Sie sollen verschwinden. Menschen sind am stärksten wenn sie sterben, oder wenn sie weggehen: natürlich. Nur solche sind ewig.

DIE GOUVERNANTE

Karmen Letica war wie eine Orange der B-Kategorie. Man würde sie nicht gerade in den Müll werfen, aber essen möchte man sie auch nicht unbedingt, zumindest nicht mit großem Appetit. Karmen war die untere Schwelle des niederen Durchschnitts. In ihrer Geburtsstadt Makarska werden in jedem Frühling neue und saftige Jungfrauen reif, bei denen ein Männerauge auch im strahlendsten Sonnenlicht keinen Fehler finden könnte. Eine erstklassige dalmatinische Kleinstädterin wird eine Miss, oder es gelingt ihr wenigstens einen Fußballstar, Basketballstar, Wasserballstar oder Medienstar zu heiraten. Die zweitklassige Kleinstädterin aber geht nach Italien, um Kinder zu hüten (Italiener mögen slawische Mädchen – sie sind exotisch, und doch sind sie keine Farbige) oder, wenn sie nicht einmal da eine Chance hat, geht diese Kleinstädterin in die Metropole um zu studieren.

Ungefähr so dachte Karmen. So hatte man sie es gelehrt und sie liebte das Lernen. Das Erfüllen der Pflichten in jeder Lebenslage, auch in der Schule, war eine Fähigkeit auf die Karmen mit vollem Recht stolz war: sie war gerne folgsam.

Karmen war das mittlere Kind, genau zwischen dem Bruder, männlich allmächtig, und der Schwester, einer rassigen Schönheit nach allen dalmatinischen Regeln.

Der Vater liebte den Sohn, den Stammhalter und die Mutter das jüngste Kind, die zukünftige Miss Dalmatien. Für Karmen blieb die Liebe der Großmutter übrig, das vorbildliche Schreiben der Hausaufgaben und das geheime Quälen der Katzen in der Umgebung, genauer gesagt Kätzchen, die zum Davonlaufen noch zu blind und zu schwach waren. Diesen zündete Karmen mit ungeheurem Vergnügen die Schwänzchen an, wartete kurz bis die Flamme den ganzen Körper erfasst hatte, dann schmiss sie die kleinen brennenden Kometen ins Meer. Einige Male verbrannte sie sich ziemlich schlimm dabei, doch damit wuchs ihre Lust, wurde größer, kostbarer. Sie empfand sich dann als etwas Besonderes – hatte ihr kleines Geheimnis. Großmutter bemerkte nicht einmal die Verbrennung an ihrer Hand, dem Vater war es egal und die Mutter kreischte laut: Warum hatte sie denn nicht aufgepasst?! Oh, wie süß ist die Macht des Schmerzes.

Männer bemerkten Karmen nur wenn sie in äußerster Not waren: vereinsamte Soldaten mitten in der Präsenzdienstzeit oder gerade verlassene Verzweifelte. Doch selbst dann wurde das ersehnte Intimwerden zum Weinen auf ihrer Schulter, oder seinerseits zu einer zu schnellen Nummer. Karmen hatte immer das Gefühl bei vollem Wasserkrug zu verdursten.

Im Studium der Radiophonie und Phonetik, das sie an der Philosophischen Fakultät in Zagreb inskribiert hatte, sah Karmen ihre Rettung, eine Veränderung zum Besseren und die endgültige Flucht aus ihrer Umwelt, in welcher für sie, außer der Serientötung kleiner Tiere keine Freude gab.

Karmen war glänzend bei ihrer Aufnahmeprüfung, genauso glänzend als Studienanfänger, glänzend durch alle vier Jahre Phonetik, eine brillante Demonstratorin und im Nu eine brillante Absolventin.
Aber ihr Intimleben?

* * *

Der Geliebte Professor war eine widersprüchliche Figur an der Philosophischen Fakultät. Manche fanden ihn sympathisch und schätzten ihn als charismatischen Wissenschaftler mit etwas anachronistischen Manieren, z.B. der obligate Handkuss bei der Begrüßung der Frauen, das Verwenden archaischer Worte aus der Zeit von Ljudevit Gaj und Ähnlichem. Die Anderen spotteten einfach über seine künstlerischen Aspirationen. Der Professor bemühte sich verzweifelt um

Anerkennung als Dichter, so stanzte er eine Sammlung katastrophaler Gedichte nach der anderen. Dabei nutzte er jede Gelegenheit um sich als verkanntes Genie zu propagieren.

Wie dem auch sei, Karmen war noch nie einem Mann begegnet, der auch nur annähernd so höflich zu ihr war wie der Geliebte Professor. Ein Kavalier der alten Schule, der sich vom Platz erhebt wenn eine Frau kommt oder geht, der immer der Frau in den Mantel hilft, den Stuhl zurechtrückt, die Tür aufhält, der einer Dame die Hand küsst... Das alles übertraf sogar die Beschreibungen in den Liebesromanen, welche Karmen im Geheimen vor dem Einschlafen, im Umschlag eines Schulheftes versteckt, im Bett las.

Mit Kennerblick maß der Geliebte Professor dieses pausbäckige kleinwüchsige Mädchen, das wie eine sizilianische Magd aussah, so dunkel mit zum Pferdeschwanz gebundenem ungewaschenem schwarzem Haar, schwarzem Flaum auf der Oberlippe und einem großen vergoldeten Kreuz, das bequem in der Mitte zwischen zwei üppigen Busen gebettet war. Der Professor war selbst Sohn der dalmatinischen Provinz und so wusste er genau zu welcher Kategorie Frau, Karmen ihrer Erziehung und ihren Möglichkeiten nach, gehörte. Er genoss es außerdem zuzuhören, wie dieses einfache Mädchen seine sechssilbigen verbalen Gebilde und vielfach zusammengesetzten riesigen Satzgefüge auswendig herunterleierte. Sein pompöser Stil, unter den Studenten als „Wenig Sinn in vielen Worten" bekannt, fand in Karmen eine echte Verehrerin.

Ach, wie liebte sie alles zu büffeln, was der Professor im Laufe der Vorlesung diktiert hatte! Während andere hübschere und selbstsicherere Studentinnen dem Professor frech in die Augen sahen und ihre Beine übereinander schlugen, wiederholte Karmen lautlos und gesenkten Blickes Zitate aus des Professors Vorlesungen, wie Bibelsprüche – und hoffte auf ihren Sieg.

Es war daher natürlich, Karmen zur Demonstratorin zu wählen. Diese Göre kam immer mindestens eine halbe Stunde früher und ging erst dann, wenn der Geliebte Professor sie autoritär wissen ließ, dass er für diesen Tag von ihrer Gesellschaft mehr als genug hatte. Karmen kränkte sich nie. - Am folgenden Tag kam sie wieder mindestens eine halbe Stunde früher und erfüllte ihre Pflicht als Demonstratorin trotz allem perfekt, ohne auch nur einen einzigen Fehler.

Gerade eben in dieser Zeit verfasste Karmens Vater in Makarska sein Testament, laut dem das Familienhaus, der Garten, der Grund und ein Teil der Küste vor dem Haus seinem einzigen Sohn, dem Stammhalter, zukommen sollte. Für die schönere Tochter musste er keine Sorge tragen: sie werde reich und schnell heiraten, vielleicht sogar nach Split. Und über Karmen lohnte es sich nicht nachzudenken. Sie solle nur ihr bitteres, durch gute Noten verdientes Brot kauen. Ihm sei es einerlei.

Als sie den Brief mit den neuesten Nachrichten von zu Hause bekommen hatte, weinte Karmen nicht. Wortlos ging sie in die Küche, nahm das schärfste Messer und schnitt sich so tief sie konnte in den eigenen Unterarm. Es war genug um einen starken Schmerz hervorzurufen, nicht genug aber, um durch den Blutverlust bewusstlos zu werden. – Das alles tat sie über der Spüle, damit es keine Spuren hinterlässt und keinen Verdacht bei ihrer Mitbewohnerin, einem stämmigen Mädchen aus Slawonien, erweckt.

Die Slawonierin hatte einen Bruder, Luka: ein fester Bursche, der bei ihnen manchmal auf der Couch im Wohnzimmer übernachtete. Luka verlor keine Zeit auf Hofieren und auf schöne Worte. Doch Karmen schien er irgendwie passend für die Art des Trostes, den sie immer nötig hatte, wenn ihr die beiden Vaterfiguren gleichzeitig den Korb gegeben hatten. Und so verbrachte auch Karmen die Nächte im Wohnzimmer auf der Couch. Ihrer Zimmernachbarin kauften sie Ohrenstöpseln.

* * *

Der Geliebte Professor hatte schon Jahre lang eine gesetzmäßig Angetraute und eine junge Tochter. Mag sein, dass Frau Walpurga einst hübsch war, aber an der Schwelle des fünfzigsten Jahres sah sie aus, wie eine Kreuzung zwischen einem Nilpferd und einer Seezunge. Allem Anschein nach war sie sich dessen schmerzlich bewusst, weil sie immer danach trachtete, sich und ihre Umgebung in eine Rauchwolke von billigsten Zigaretten einzuhüllen. Sie war außerdem um einen Kopf größer und ungefähr zwanzig Kilo schwerer als der Geliebte Professor; und so trug sie bei Familienreisen jedermanns Gepäck.

Sie reagierte ergeben auf jeden Befehl, den der Geliebte Professor herablassend in ihre Richtung knurrte. Aber wenn ihr Mann eine seiner Studentinnen heim brachte, verließ Frau Walpurga verwirrt die Wohnung und machte einen längeren Spaziergang, doch vorher bot sie dem Mädchen höflich Tee oder Kaffee an.

Allein ihre Tochter Jasna ließ sich nicht erniedrigen. Ihrer Meinung nach war sie mindestens gleich viel wert wie ihr unmoralischer Vater und müsse nicht seine Dienerin sein nur weil er sie gezeugt hatte. Jasna besaß dazu einen eigenen sechsten Sinn, den sie weder von der verängstigten Mutter noch von dem feindseligen Vater zerstören ließ. Als Kleinkind überstand sie eine Meningitis, zwei ernste Lungenentzündungen und eine Reihe von Allergien auf fast jede Art von Nahrung, Flora und Fauna. Frau Walpurga hatte mindestens zwanzig Zigaretten täglich geraucht, beinahe die ganze Schwangerschaft hindurch. So hatte Jasna mit dreizehn Jahren einen auffallend rachitischen Brustkorb und einen im Verhältnis zum Körper zu großen Kopf. Ihre dunklen Augenringe ließen sie älter aussehen. Die Gleichaltrigen mochten sie nie und so kam sie aus der Schule immer mit Kaugummi im Haar, benommen von den Schlägen auf den Kopf mit harten Heften, erschöpft von den Beleidigungen der Buben, missachtet von den Mädchen, mit schmerzenden Augen vom Zurückhalten der Tränen. Jasna weinte nie und das hielt sie für ihren Sieg.

Selbst zu Hause, wenn der Geliebte Professor den Klavierlehrer spielte, reagierte Jasna nicht mit Tränen auf seine Grobheiten. Obwohl die Tränen der Tochter gerade das waren, was der Professor erreichen wollte: Jasna konnte einfach nicht nachgeben. Ihr ganzes Sein hielt sich an diesem Stückchen Stolz, wie der Unglückliche, der über dem Abgrund hängt und sich mit einer Hand an den Rand des Felsens klammert. Jasna entschied, dass sie aushalten, stärker als er sein musste, selbst wenn es das letzte Mal wäre. Der Geliebte Professor witterte die Nähe ihrer Tränen, daher gab er ziemlich schwer und ungern die weiteren Erniedrigungen auf, ließ die Tochter gesenkten Hauptes vor dem Klavier sitzen und schwor bei sich, dass er sie das nächste Mal endlich zum Weinen bringen würde.

Was weder Jasna noch Walpurga, noch sonst irgendjemand auf der Welt wusste, war nur dem Geliebten Professor bekannt: Als er fünfzehn Jahre alt war, in der Zeit des Stalinismus, hatte der Professor „Viva Croazia!"

an eine Wand geschrieben, wurde dabei vom ersten Nachbarn gesehen und denunziert. Im Nu fand er sich auf der Insel Goli Otok. Dort diente sein Bubenarsch allen damaligen Gefangenen und Aufsehern: mindestens zehn Mal am Tag. Diese Jugenderinnerung hinterließ in ihm eine undefinierbare Analsehnsucht neben dem absoluten Wegwischen jeglicher menschlichen Humanität, bis auf diejenige, die als gesellschaftliche Maske dient – als Tarnung der heimlichen Homosexualität und dem Wunsch die Persönlichkeit des Anderen zu vernichten.

Aber Jasna war wirklich eine harte Nuss.

* * *

Das Intimleben des Geliebten Professors zog Karmen unwiderstehlich an. Sie wollte alles über ihn wissen, in seiner Nähe sein, ohne Rücksicht auf seine Favoritinnen der niederen Semester, ohne Rücksicht auf Spott und Hohn des ganzen Kollegiums an der Phonetik. Als sie nach den vier Jahren vergeblicher Sehnsucht endlich vom Geliebten Professor in seine Wohnung eingeladen wurde, wusste Karmen vor lauter Glück nicht wie ihr geschah. So kam nun auch sie an die Reihe, dass ihr die arme Walpurga Kaffee kochte, ihr ein Mittagessen anbot und geduldig das Gejammer einer Absolventin anhörte, während sie wie ein Türke rauchend am Rand des Stuhles auf einem ihrer fetten angewinkelten Beine saß. Jasna warf einen Blick in das Wohnzimmer: schnell aber sicher schätzte sie die neue Favoritin ein. Dieses fette Mädchen mit dem Gesicht einer Ratte ist gekommen um zu bleiben.

Der schwarze Schnurrbart von Karmen reagierte immer auf fremdes Unglück und Ohnmacht. Dieses Kätzchen in Menschengestalt mit großen Augen und praktisch ohne Körper erinnerte sie an den Hund des Nachbarn, den sie in der Woche davor heimlich mit Strychnin gefüttert hatte. Das blöde Tier wollte nicht vor ihren Augen krepieren, sondern schleppte sich jaulend, stolpernd und sich auf den Stiegen erbrechend einen Stock höher zu seinem Herren. Es schien, als hege der Hundebesitzer momentan keinen Verdacht auf sie. Die eigene Unscheinbarkeit bot Sicherheit, tatsächlich hatte Karmen viel Raum für ihren Unfug. Aber Jasna durchschaute sie: Man sollte sich vor der Ratte fürchten.

Der Geliebte Professor blieb voll Bewunderung, als er Karmen beim schweren Tisch in seinem Wohnzimmer sitzen sah: Das Mädchen sprach und sprach, souverän, flüssig und ohne Pause, und Walpurga hörte tadellos zu. Nie, nein, nie vorher hatte der Geliebte Professor ein Mädchen in seine Wohnung gebracht, das sich so natürlich aufdrängen konnte: als ob es ganz normal sei, sich in die Sphäre jemandes Ehefrau hineinzudrängen, sich von ihr bedienen zu lassen und ihr nicht einmal einen Mucks, nur so aus reiner Höflichkeit, zu gestatten.

Mit ihrem Verhalten und durch ihre Worte signalisierte Karmen: Ich bin zu Hause angekommen. Bis zu dem Augenblick bemerkte der Professor die gewaltsame Kraft dieses unscheinbaren Mädchens nicht. Doch jetzt wurde er von etwas ganz überwältigt. Er spürte, dass er endlich ein Wesen gefunden hatte, das ihm ebenbürtig ist. Er schickte Walpurga in die Küche, um noch einen Kaffee zu kochen – nur für sie beide, und schlug Karmen vor, sie möge seine einzige Tochter babysitten. Eine dumme Ausrede, aber das war tatsächlich das Erste was ihm eingefallen war. Und das erste Mal in den zwanzig Jahren Ehe verspürte er das Bedürfnis, das treue alte Dienstmädchen endgültig für das neue, eine temperamentvolle Soubrette mit Ambitionen einer Herrin, einzutauschen.

Im Allgemeinen belustigte den Geliebten Professor jede Ambition einer Frau sehr. Nur nicht bei Jasna: in ihrer Intelligenz gab es etwas Unheimliches und Gefährliches, obwohl sich der Professor selbst nicht erinnern konnte, wie und auf welche Weise ihn das Mädchen konkret gefährden könnte. Jasnas Unbestechlichkeit und das klare Urteilsvermögen bestanden auf Kosten ihrer Gesundheit, ihrer Kindheit und aller zwischenmenschlichen Beziehungen. Doch ihr war nie langweilig allein. Als sie hörte, dass ihr die Ratte von Nun an regelmäßig Gesellschaft leisten werde, verschloss sie ihr wahres Ich hinter noch einer gepanzerten Tür.

Und so begann das Praktikum der etwas eigenartigen Gouvernante. Die Ratte lernte im

Nebenzimmer für ihre Diplomprüfung, Jasna schrieb die Hausaufgaben und übte Klavier, bis sie nicht in die Schule musste. Dann kam der Geliebte Professor nach Hause für einen kurzen Fick im Stehen. Nach diesem ging Karmen heim, zu ihrem Freund: gerade rechtzeitig um Walpurga zu begegnen, die von der Arbeit kam, und sich bei ihr mit besorgter Stimme über Jasna zu beklagen, wie unkommunikativ und ungeschickt diese im Umgang mit Menschen sei. Das ging so bis Jasna eines Tages Lovro nach Hause brachte.

* * *

Ghaura Devi hatte ihren Laptop zugeklappt. Ob sie in der Lage sein wird, die Geschichte zu beenden? Vor zwanzig Stunden begann sie mit dem Schreiben, als sie in Neu Delhi das Flugzeug nach Wien bestiegen hatte. Was alles kann man mit Worten ausdrücken?

Ihr ganzes ehemaliges Leben in der Heimat erschien ihr unwirklich, und doch musste es irgendwo in der Spirale ihrer DNA aufbewahrt sein. Sie schrieb so, wie manche Menschen Kreuzworträtsel lösten: ohne Ambitionen und doch mit dem Bedürfnis irgendeine Bilanz zu machen. Wenn man seine Mitte findet und die Antwort auf die Frage: Warum bin ich hier? Wenn man einmal den Weg der Erkenntnis beschritten hat, dann erscheinen einem Begriffe wie Ehrgeiz oder Karriere durch und durch unreif. Und doch,

Ghaura Devi war Abgeordnete im indischen Parlament, oft zitierter persönlicher Guru der Witwe von Rajiv Gandhi und Leiterin des zentralen Ashram im Staat Uttar Pradesh, von wo sie die Arbeit vieler humanitärer Organisationen überwachte.

Als die scheue und nicht gesellige Ghaura Devi nach Indien kam, verabscheute sie Karriere, Ehrgeiz und am meisten Menschen. Zuerst wohnte sie in einem engen Felsenloch am Himalaja, wo sie meditierend auf Erleuchtung hoffend dahinvegetierte. Halb tot vor Hunger fanden sie Bergsteiger und brachten sie zum nächst liegenden Ort,Haidakhan, der gleichzeitig ein Zentrum für Pilger aller Religionen war. Im Ashram kam Ghaura Devi langsam zu Kräften. Unter den Anweisungen des Babaji begann sie dort Karma-Yoga zu praktizieren, nach deren Regeln sie zuerst unter vielen humanitären Aufgaben ihr Haupt beugen musste, und anschließen unter etwas unbeschreiblich Schwerem für sie, unter unerwartetem Ruhm und der Flut von Schmeichlern und Speichelleckern, denen sie in ihren öffentlichen Aufgaben ausgesetzt war. Ihre Lebenswahl machte aus ihr eine lebende Ikone.

Ghaura Devi war eine erstaunlich junge Frau: Noch nicht ganze dreißig Jahre alt, aber so mager und wegen der durchsichtigen Haut schien sie noch jünger. Ihre riesengroßen schwarzen Augen hatten einen Glanz, der die Seelen enthüllte, die sich in Reichweite der absoluten Befreiung befanden. Andere Reisende im Flugzeug um sie herum sahen sie fasziniert an, wie Kinder, und jeder von ihnen musste dabei an das Antlitz der eigenen Mutter, oder der Mutter Gottes denken. Ghaura Devi schloss fest ihre Augen.

Ein Gruß an Shri Guru!
Damit ich wahres Verständnis für die Welt entgegennehmen könnte ‚sehe ich in Dir meinen Vater, Mutter, Bruder und meinen Gott...
Oh, Parvati ‚Guru, beschütze denjenigen, den die Weisen, die Schlangendämonen und sogar Götter verflucht haben;
und befreie ihn von der Angst vor der Zeit und dem Tod.

Jetzt fuhr sie in die Metropole, aus der sie vor langer Zeit fliehen musste. Sie musste sich ihrem Haus gegenüberstellen.

* * *

Lovro Peroš war schon seit dem Kindergartenalter schwul. Innerlich war er nie im Zweifel über seine Wünsche. Aber seine stolzen Eltern wollten, dass ihr einziger Sohn in allem ein echter Mann werde. Und so begann der fünfzehnjährige Bursch sich nach dem anderen Geschlecht umzusehen. Das Mädchen musste weder hübsch noch gescheit sein: im Gegenteil. Nur, Lovros Problem war seine offensichtliche Homoerscheinung und sein Image, welches das dümmste Mädchen auf der

49

Welt nicht täuschen würde. Und doch, Lovro Peroš war der Klassenleader, D.J. auf allen Geburtstagspartys und der beste Freund der wichtigsten Mädchen der Klasse. Obwohl zu weibisch, um ein guter Sportler zu sein, musste er nie für sein Affirmieren mit den Burschen raufen: Lovro Peroš hatte eine böse Zunge, mit der er alle seine weniger neidischen und intellektuell schwächeren Gleichaltrigen beeindrucken und verwirren konnte.

Jasna zählte nie viel in der Klasse – im Gegenteil. Schon in der Volksschule hatten sie alle Buben geschlagen, beleidigt, gehänselt; warfen Radiergummis nach ihr, riefen ihr beleidigende Spitznamen nach während sie vor der Tafel stand und vom Lehrer geprüft wurde. Sie waren so grausam, dass selbst die Lehrer über den „kindlichen Witz" lachen mussten, bevor sie die Klasse, förmlich, zur Ruhe ermahnten.

Lovro Peroš hatte in Jasnas Augen den Vorteil, dass er sie nur dann misshandelte, wenn er in der Gruppe war. Aber er hatte nie versucht sie zu schlagen oder zu beleidigen wenn sie etwa im Schulgang an ihm vorüber ging... Einem Klassenleader wäre es unter seiner Würde mit jemandem zu kommunizieren, der so am Ende der Hierarchie stand. Wenn sie schon solche Burschen nicht ausstehen können, die Mädchen mögen, vielleicht könnte sie ein Junge, der Jungs liebt, von den Anderen beschützen? Sie hatte nichts zu verlieren: der Versuch lohnte sich. So lächelte Jasna lieblich, als sie das nächste Mal an Lovro vorbei ging.

Lovro verlor keine Zeit. Ohne Jasna zu fragen erklärte er der ganzen Klasse, dass sie jetzt miteinander gingen. Jasnas Ansehen wuchs über Nacht. Auf einmal begann man sie auf Partys einzuladen, wollte ihre Meinung hören und, was Jasna von allem am Liebsten war, man ließ sie in Ruhe die Fragen beantworten, wenn sie aufgerufen wurde. Es gab keine Schläge mehr, keine zurückgehaltenen Tränen, keine Kaugummis im Haar, oder irgendwelche Beleidigungen. Alles was Jasna jemals von ihnen erlitten hatte, war wie ein böser Traum.

Ihre Verpflichtungen gegenüber Lovro erschienen ihr nicht groß. Zuerst führte er sie zu sich nach Hause und stellte sie Mama Peroš vor, einer geschminkten Doofen mit toupiertem Haar, die ihrem Sohn ganz ähnlich sah und sie mit kritischem Blick, wie eine erwachsene Frau, von oben bis unten maß. Dann stellte er sie Papa Peroš vor, einem ruhigen, irgendwie verschwiegenen Mann, für den sie sofort Sympathie empfand. Jeden Samstag gingen Jasna und Lovro ins Kino: natürlich, damit sie gesehen wurden. Aber bald begleitete Lovro Jasna täglich nach dem Unterricht nach Hause, und trug ihre Schultasche. Danach, plötzlich wollte er sie auch küssen. Das Ende der Routine war gekommen. In Kürze kam auch Schmusen an die Tagesordnung. Schließlich wollte die Tunte ihre Unschuld verlieren. Da sagte Jasna

51

nein: Sie wollte nicht wieder erniedrigt, verletzt sein; vor allem nicht von jemandem, der das mit ihr nur wegen der Tarnung tat. – Da duckte sich Jasna in Erwartung eines Schlages, einer Ohrfeige oder wenigstens einer schweren Beleidigung. Aber Lovro sagte, zu seiner eigenen Überraschung nur, dass er sie wirklich liebte.

* * *

Der Geliebte Professor und Karmen preschten noch weiter zu ungeahnten Höhen und Tiefen. Es hatte den Anschein, dass jeder von ihnen seine verlorene Hälfte gefunden hatte. Aber als Karmen siegesbewusst verlautbarte, dass sie schwanger sei, machte sich der Professor an. Er wollte den Status quo unter allen Umständen erhalten. Doch Karmencita wurde offensichtlich dicker, sah den Professor finster an und bemühte sich immer mehr um die Freundschaft mit Walpurga. Ihre Ausrede war das angeblich eigenartige Benehmen von Jasna: Wieder diese Verschlossenheit, Isoliertheit und Angst vor den Menschen, die sie so ehrlich und warm liebten, wie ihre Gouvernante und praktisch ältere Schwester, Karmen… Klar, damit präparierte sie nur die durch langjährige Erniedrigungen dick gewordene Haut ihrer Gegnerin für die fatale Spritze: als würde sie ein Nashorn für die Euthanasie vorbereiten. Wenn sie sich ihr ganz genähert hatte, würde sie ihr sagen, sie sei vom Professor schwanger.

Walpurga war nicht dumm. Irgendwann, vor langer Zeit, war sie gleich hell im Kopf wie hübsch gewesen. Die jahrelange grobe Behandlung und die Erniedrigungen vernichteten aber ihren ganzen Intellekt, ihr Diplom der puren Philosophie und ihren gesunden Fraueninstinkt. Jahre bevor Jasna geboren wurde mutierte Walpurga innen und außen zu einem knorrigen Holzstumpf in Menschengestalt. Im achten Schwangerschaftsmonat äußerte Walpurga ihre Wut auf die einzige Art die sie kannte: sie trommelte mit ihren Fäusten auf den eigenen Bauch, so fest es ihr Schmerz zuließ. Der Schmerz war die einzig übrig gebliebene Intensität im Leben dieses armen Wesens. Das Kind im Bauch war nur ein Balkon, eine Verlängerung, ein Übergewicht. Wegen ihm lohnte es sich nicht das Rauchen aufzugeben, nicht dieses Kind zu stillen, oder seinetwegen fröhlich zu sein. Ihr fiel alles schwer. - „Alles, alles, alles: Schwer, schwer, schwer." - Mit dem täglichen Hören dieses lapidaren Katechismus wuchs Jasna auf. Und doch, jener winzige Funke von Eitelkeit und Selbstachtung, der in Walpurga noch verblieben war, konnte von Zeit zu Zeit von einem Kompliment an ihre Tochter geweckt werden, die sie weder richtig zu lieben wusste, noch lieben konnte. Daher glaubte Walpurga Karmen, als sie hörte mit wie viel Sorge sie sich angeblich stundenlang um Jasna bemüht habe.

In so einer Situation und in ein solches Haus brachte Jasna Lovro eines Abends nach der Schule: bald nachdem er ihr das erste Mal gesagt hatte, dass er sie liebte. Karmen musste mit einem neuen Zeugen rechnen, mit einem neuen Hindernis und dem möglichen Wachsen von Jasnas Kraft. Deshalb kam sie ungebeten in Jasnas Zimmer und versuchte sich wie eine alte Freundin am Gespräch der beiden Teens zu beteiligen. Lovro Peroš kannte weder Jasna noch ihre häuslichen Verhältnisse. So nahm er bereitwillig das Gespräch mit der gutmütigen, dicken Dalmatinerin auf. Jasna ahnte was die Ratte beabsichtigte, und so warf sie diese ohne viel Federlesen aus dem Zimmer. Weder Peroš noch Karmen hatten Jasna jemals so offensichtlich wütend gesehen. Nun, der Erfolg war vollständig. Karmen zog den Schwanz ein und Lovro bekam es mit der Angst zu tun, dass Jasna eben ein zänkisches Weib sei.

Karmen verlor keine Zeit, beschwerte sich sofort beim Professor und bei Walpurga über den ungesunden Einfluss, den der neue junge Mann auf das Temperament ihrer Tochter habe. - „Sie wissen schon, das Rauchen, die Drogen, und vielleicht sogar Sex." - Das alles ahnte sie schon lange. Vielleicht ziehe sich die kleine Jasna deshalb so zurück.

Als Folge dieses vertraulichen Gesprächs schraubte der Geliebte Professor das Schloss an Jasnas Zimmertüre ab: so konnte jetzt jeder hineingehen ohne anzuklopfen. Er entfernte auch das Schloss von der Badezimmertüre, damit man auch dort nichts Unerlaubtes tun konnte. Indessen hielt Mutter Walpurga Jasna eine temperamentvolle Predigt, die aus einigen treu übertragenen Zitaten von Karmen über die psychologischen Einschätzungen von Jasnas Charakter stammten. Alles war grob, in Walpurgas Sprechweise, in einer nicht ganz logischen Einheit zusammengewürfelt. Doch, Jasnas Rebellion war schon unumstößlich. Sie entschloss sich um jeden Preis mit ihrer Schwuchtel zusammen zu bleiben.

* * *

Zu ihrem vierzehnten Geburtstag bekam Jasna von Lovro ein entzückendes graues Kätzchen. Es war, bis dato, ihr liebstes Geburtstagsgeschenk. Sie nannte es Wik. Aber Lovros Mami regte sich bald ernstlich darüber auf, dass ihr Söhnchen so viel Zeit mit der kleinen Dürren verbrachte. Jasnas einzige Tugend, in den Augen dieser ehemaligen Friseuse, war die Tatsache, dass ihr Vater Hochschulprofessor war. Wie die meisten Mütter von Homosexuellen sehnte sie sich danach, dass sich ihr Sohn als Mann bewies, gleichzeitig wollte sie ihn aber auch immer als Einzige besitzen können, oder zumindest seine Gefühle für andere Menschen kontrollieren. Sie ahnte, dass ihr Sohn etwas für jemanden anderen, außer nur für sie, zu fühlen begann. Und sie bekam Angst.

Die Schulklassenvasallen von Lovro achteten Jasna anfangs, aber als er ihre Gesellschaft vollkommen ignorierte und seine ganze Zeit mit Jasna verbrachte, wurde ihr Hass auf sie noch schlimmer als vorher. Immerhin sie trauten sich nicht mehr Jasna zu schlagen, aber die Zwischenrufe während des Unterrichts und bei Prüfungen fingen wieder an: dieses Mal gedämpft, gefährlich, als ob sie ein Lynchen versprechen würden. Es war schwer zu sagen ob es sie mehr störte, dass eine so offensichtliche Tunte ein Mädchen liebte, oder dass dieses Mädchen eben Jasna war: das wussten sie wahrscheinlich auch selbst nicht.

Jasna und Lovro schliefen nie miteinander, aber ihre Gespräche brachten sie einander immer näher. Lovro entdeckte in Jasna ein faszinierendes Wesen, voll intensiver Reinheit und nicht alltäglicher, wahrer Schönheit. In ihm wurde eine echte Lawine von Emotionen wach, deren er früher nie bewusst war. Er achtete ihr Vermeiden von jeglichem Sex, obwohl er die Tiefe ihrer Wunde nicht einmal erahnen konnte und es war ihm schön mit ihr.

Während dessen wurde Karmen immer dicker. Sie wurde ungehorsam: Auf keinen Fall wollte sie das Kind wegmachen. Der geliebte Professor verstand das als Negieren seiner Autorität und befreite Karmen von der Pflicht des Babysittens von Jasna, somit auch vom Anlass die Tage in seiner Wohnung zu verbringen. Karmen verlor nicht den Kopf: sie entschied Walpurga zu ihrer Verbündeten zu machen. Den Plan ihr zu sagen wer der Vater des Kindes sei, verwarf sie.

Karmen konzentrierte sich jetzt auf das Durchsuchen von Jasnas Sachen: ihrer Kleidung, der Noten und Hefte. Jede Information könnte den Grund für die Annäherung an Walpurga liefern. Außerdem warf Karmen die Schuld für die Vaterschaft auf Luka, den schweigsamen Bruder ihrer Zimmerkollegin, mit dem sie es fast jede Nacht auf der Wohnzimmercouch trieb. Bis zum neunten Monat der Schwangerschaft willigte der wortkarge Luka resigniert ein, Karmen zu heiraten. Das Brautpaar bat den Geliebten Professor Trauzeuge zu werden. Zu Tränen gerührt willigte er ein. So wurde der kurze Streit zwischen ihm und seiner ehemaligen Geliebten überwunden.

Karmens Bübchen war schon seit seiner Geburt dem Professor wie aus dem Gesicht geschnitten. Unter der Bedingung, dass der Professor für sie sofort nach ihrem Diplom einen guten Arbeitsplatz findet, versprach Karmen über das Ganze zu schweigen. So fand sich bald eine kleine Arbeit für sie, als Stellvertreterin des Redakteurs in einem großen Verlag. Der Geliebte Professor konnte wirklich seine Verbindungen einsetzen. - Doch, nach dem letzten Besuch von Karmen in Professors Wohnung, angeblich um Jasna und Walpurga zu sehen, verschwand das Kätzchen Wik. Erst nach drei Tagen fand es Jasna im Korb für schmutzige Wäsche. Es war mit einem Plastiksäckchen erdrosselt.

* * *

Ghaura Devi sah auf die Uhr gegenüber dem Kaufhaus Nama. Es war punkt zwölf. Karmen Josipović hatte sie um ein Treffen gebeten um das Buch von Ghaura zu besprechen und Interviews für die kroatische Ausgabe des „Cosmopolitan" zu machen.

Noch vor einem Jahr kannte und kümmerte sich niemand um Ghaura Devi. Nachdem diese junge Ordensschwester inzwischen für den Nobelpreis vorgeschlagen wurde, interessierten sich viele Verleger auf der ganzen Welt für ihre Biografie. Man wusste wenig über Ghaura Devis Leben, außer vielen Zeugnissen über ihre unerschöpfliche Kraft, Energie, Humanität und dem Eindruck der Himmelskönigin, welchen sie bei Schwerkranken erweckte und diese augenblicklich gesunden ließ. - Placebo Effekt? Was meinen Sie? - Und tatsächlich, kann irgendjemand genauer als Karmen Letica, verheiratete Josipović, die Glaubwürdigkeit von Ghaura Devi feststellen? Als ihre ehemalige, liebevolle Gouvernante?

Die Frau, die Ghaura Devi einmal „Ratte" genannt hatte, stand nach vollen fünfzehn Jahren vor ihr. Derselbe schwarze, lange Schnurrbart. Dieselben kleinen Augen. Eine neue Frisur mit hellen Haarsträhnen, tiefe vertikale Falten um den Mund, die Gestalt etwas zusammengeschrumpft, trotz der Körperfülle klein. Die Ratte war jetzt um einen Kopf kleiner als Ghaura Devi und dazu trug sie in jeder Hand drei Plastiksäcke vom Trešnjevka Markt. Sie sagte, sie wohne noch immer unter derselben Adresse: in Untermiete, in derselben Kellerwohnung seit fünfzehn Jahren. Noch immer dieselbe Arbeit als Redakteurstellvertreterin: praktisch Chefsekretärin. Das Handy: ein altes Nokia, so groß wie eine Banane. Das Auto: Zastava ugo mit abgerissenem Y. Ghaura Devi war kein Snob, aber sie wusste genau, dass das Weltliche die Offenbarung des Geistlichen war, und nicht umgekehrt.

Sie fragte Ghaura Devi, ob sie noch immer so allein und einsam sei, und ob sie nicht friere in diesem weißen Handtuch im Stile einer Mutter Theresa, und ob Ordensfrauen in ihrem Leben nur beten oder auch etwas anderes täten. Natürlich waren das private Fragen, unter zwei alten Freundinnen.

Jemandem vergeben heißt es ihm erlauben, dass er sich aus ihrem Leben entfernt, damit sie sich nie mehr an ihn erinnern müssen. Wenn sie hin und wieder der Gedanke an diese Person besucht, können sie ihm erlauben weg zu fliegen, genauso wie er her geflogen war: frei wie ein Vogel. Ghaura Devi hatte dem Professor und Walpurga mit Leichtigkeit verziehen. Aber, als sie die Ratte beobachtete, wie diese machtlos in der Mausefalle aus eigener Bosheit und Tücke zappelte, fragte sie sich, ob es ihr wirklich wert war, den anderen Menschen so viel Schmerzen zuzufügen, nur damit sie fünfzehn Jahre in derselben Kellerwohnung lebte?

* * *

Der Tag an dem Jasna endgültig mit Lovro Schluss machte, war derselbe Tag an dem Karmen vorbeigekommen war, um den Mann zu besuchen von dem sie träumte, während sie neben ihrem frischgebackenem laut schnarchendem Ehemann liegend masturbierte. Jetzt, wo auch sie und der Professor eine Verpflichtung hatten, warum sollten sie nicht ihre alte Innigkeit auffrischen? Und so ertappte Jasna die Beiden beim Ficken im Badezimmer. Karmen mit dem Hintern auf der Waschmaschine, der Geliebte Professor nur im Unterhemd, mit Unterhosen und Hosen um die Fußknöchel.

Einige Augenblicke zuvor, im Hauseingang, beschlossen Jasna und Lovro sich nicht mehr zu treffen. Jemand anderer wäre besser für ihn, den seine Freunde und Mama nicht immer kritisieren würden. Ach, tatsächlich gab es jemanden auf dieser Welt, der Jasna nicht kritisierte? Das, was Jasna für Freundschaft gehalten hatte, existierte auf einmal nicht mehr. Lovro wurde müde.

Jasna sperrte die Tür auf und ging gleich in Richtung Badezimmer, in der Absicht das Pochen in den Schläfen mit kaltem Wasser zu beruhigen. Es gab noch immer kein Schloss an der Tür und sie war zu sehr mit ihrem Verlust beschäftigt, als dass sie die Laute im Badezimmer hätte hören können. Ehe sie begriffen hatte was vor sich ging, begann der Professor sie zu ohrfeigen und schrie dabei ordinäre Sprüche, so anders zu seinem üblichen Wortschatz der auserwählten Archaismen.

Walpurga schaffte es im gleichen Augenblick das Vorzimmer zu betreten, in dem sich die keuchende und errötete Karmen ihr an den Hals schmiss: - Es geht um Jasna: Schnell, schnell! - Jasna stand nur da ohne Worte und Tränen, während der Professor ihre, schon roten Wangen, mechanisch ohrfeigte. Walpurga bemerkte, dass ihr Mann mit heruntergelassener Unterhose da stand, und sein Schwanz links – rechts, im Rhythmus der Ohrfeigen hin und her baumelte. Aber dann fing Jasna an zu schreien. Zuerst war es wie ein ängstliches Blöken, dann wie ein Tier, das man schlachtete, immer lauter, mit einer Furcht erregenden Intensität – bis zum Himmel.

Der Professor hob schließlich mit einer prahlerischen Geste seine Unterhose und Hose hoch und ging beleidigt in sein Zimmer. Walpurga und Karmen standen noch immer bewegungslos da. Karmen bekam in diesem

Augenblick eine dämonische Idee: Sie flüsterte schnell etwas Walpurga ins Ohr.

Jasna rief noch immer mit ihrem Schreien den Himmel um Hilfe, und je länger sie schrie, desto näher fühlte sie sich der Rettung, der Befreiung aus dieser Hölle, welche sie durch nichts verschuldet und nie gewählt hatte... Schließlich fand sie sich total erschöpft auf den Kacheln des Küchenbodens liegend. Eine Dämmerung legte sich auf die Küche und auf Jasnas Augen.

Als sie sahen, dass sie ermattet war, traten Walpurga und Karmen vorsichtig näher, beide in Mänteln. Sie hoben sie vom Boden auf, hängten ihr die Jacke um und schoben sie auf den Hintersitz des Autos. Die Nachbarin baten sie in das Krankenhaus Petrova zu fahren. Dort setzten die Krankenpfleger das erschöpfte Mädchen auf einen Rollstuhl, zogen ihr die Hosen aus und schoben sie in den Operationssaal.

Das Gefühl von Kälte am Unterarm, Alkoholgeruch, ein Stich mit einer Injektionsnadel und hohe Schattenbilder im Nebel...Jemand breitete ihre Beine auseinander und schnallte die Fußknöchel irgendwo an... Eine Männerstimme aus der Ferne: - „Was ist Schwesterchen? Die Kleine ist schwanger, nicht wahr? Jetzt machen wir das: Eins, zwei, drei!" - Es funkelte der Stahl der großen Salatlöffel. - Ein grausam roher Durchbruch in ihren Körper. Sie schrie fürchterlich auf. Die Grundsteine des Krankenhauses Petrova erzitterten vielleicht davon. Sofort befreite man sie. Der tüchtige Arzt schrieb unter die Diagnose in ihr Krankenbericht: „Virgo intacta!!!" - Verächtlich, spöttisch lächelnd deckte er ihren Unterleib mit einem grünen Leintuch zu. Die Schwester brachte Binden, das Blut wurde gestoppt: die Gebärmutter schien zum Glück unverletzt.

Man zog Jasna schnell an, gab ihr noch eine Beruhigungsspritze, damit sie nicht rechtzeitig ihrer Mutter erzählen könnte was geschehen war und führte sie in den Warteraum zu Walpurga zurück. Karmen musste früher nach Hause eilen.

In dem ganzen improvisierten Wirbel war das Thema des nachmittäglichen Ficks im Badezimmer für immer ad acta gelegt. Aber der Himmel hörte Jasnas Schrei.

* * *

Jasna begann mit Reiki, sobald sie erfahren hatte, dass es so etwas gab. Man nahm sie in den Lehrgang auf, obwohl sie ihn nicht bezahlen konnte. Sie erhoffte sich davon eine Befreiung von den posttraumatischen Schmerzen in der Vagina und von den hässlichen Träumen. Den Psychologen, den Ärzten und den Menschen im Allgemeinen wollte Jasna nicht mehr glauben. Gott – vielleicht. Und seltsamerweise fand sie ihn dort, wo sie ihn am wenigsten erwartet hätte – im eigenen Bild. Bei der ersten Reiki-Initiation hörte sie eine zarte Stimme rufen: - „Blümchen, he – Blümchen!" - Ermutigt blickte sie in ihr Inneres: Gott hatte Recht. Sie sah ein zart gelbes Blümchen im Sonnenlicht des Tages, mitten unter den summenden Bienen, im reichen Lichte seiner tausend Blütenblätter strahlen.

Eine neue Wärme schmolz das Eis ihrer Erinnerungen – die Schläge auf Walpurgas Leib – das hilflose Ersticken im Zigarettenrauch – Der Geliebte Professor wie ein schreiender Moloch, der kleine Kinder wie ein Hochofen frisst – das Bild qualvoller Stunden beim Klavier – das Bild im Badezimmer - des Professors kleiner behaarter Arsch, der fleißig auf und ab arbeitet – die Zwischenrufe und das Zischen der Schulklasse - als ob man den Verurteilten zur Hinrichtung führen würde – den Laut der Verbannung - wie das Heulen des Windes – ihr weiches Kätzchen Wik – und Lovro – unendliche Verflechtung der Ringelnattern in ihrem Hals – O, Wunder, das waren nur Tränen.

Damals weinte Jasna zum ersten Mal seit ihrer frühen Kindheit ohne das Gefühl des Verlustes. Sie weinte stundenlang und auf einmal wurde sie glücklich. Sie begriff, dass sie schon immer imstande war zu lieben.

* * *

Lovro Peroš schloss sich sehr bald im Verachten von Jasna ganz seiner Mami und den Freunden an. Er behauptete, er wisse nicht was mit ihm los gewesen sei. Damit er seine fünf Minuten Güte für den Nächsten nachholte, richtete er jetzt Jasna mit den schlimmsten Worten aus. Aber Jasna war nicht böse. Unlängst hatte sie die zweite Stufe im Reiki erreicht.

Der Geliebte Professor hatte Walpurga endgültig, nach Jasnas achtzehntem Geburtstag verlassen. Ihre Tochter war jetzt ganz erwachsen, so brauchte sie den väterlichen Schutz und auch die vorbildliche Ehe der Eltern nicht mehr. Der Grund war eine Platin-Blondine, natürlich wieder eine Studentin. Am Anfang versuchte Karmen sich dem jungen Paar zu nähern, aber die Platin-Blondine war keine Walpurga. Bei der ersten Gelegenheit packte sie Karmen heldenhaft bei den Haaren, skalpierte sie beinahe, als sie diese Richtung Eingangstür zog, und sie dann ordinär fluchend, mit einem Fußtritt in den dicken Hintern hinaus beförderte. Ihre Flüche hallten noch lange im Stiegenhaus nach.

Der Geliebte Professor hatte sich unterdessen, um sein Leben bangend in einer Ecke des Wohnzimmers geduckt und wartete lautlos auf das Verebben des Wirbelsturms.

Nur noch Walpurga verblieb Karmen und die beiden besuchten sich regelmäßig. Karmen berichtete ihr, in allen Einzelheiten und sehr ausführlich, wie schön, sexy, fraulich und schlau die Platin-Blondine sei. Wie sie den Geliebten Professor um den Finger wickelte und wie er sie auf Händen trug - und wie *Er* für sie und ihre Freundinnen Kaffee kochte.

Walpurga fand ihren Seelentrost im Herstellen von Biedermeiersträußchen für Begräbnisse aus Stoff und Bändern in düsteren Farben, die sie mit Gewalt allen Bekannten und Unbekannten aufdrängte. Jasna entschied, keine Zeit für Rücksicht auf die Ratte und Walpurga zu haben. Sie musste für ihre Matura lernen. Sobald sie das Gymnasium loswurde, fuhr sie in den Wallfahrtsort Međugorje um den Himmel zu befragen, wie weiter. Dort angekommen, hörte sie in ihrem Inneren eine leise Stimme: - „Willkommen!" - Oberhalb des Berges der Erscheinung stand ein Regenbogen, wie ein Weg in das Wunderland. Ihr Weg?

Auf dem Pfad über die rote Erde zum Ort der Erscheinung weinte sie wieder Tränen der Erleichterung. Obwohl blind vom Weinen, bewältigte sie die Steigung geschickt und schnell, wie eine kleine Ziege. Sie begegneten sich endlich am Ziel selbst, in einer der Regenpfützen: Die geliebte Erscheinung, zu glänzend um den Blick vom Wasser heben zu können. In Jasnas Kopf entstand ein Wirbelsturm. So vieles wollte sie fragen, um so vieles bitten. Jedoch kam nur eine Bitte über ihre Lippen. - „Ich möchte so sein wie Du". - Das Bild verschwand von der Wasseroberfläche. Aus der Pfütze sah sie nur Jasna – ihr eigenes Spiegelbild an.

* * *

Ghaura Devi hatte ihre Liebe gefunden. Dann teilte sie diese auf Billionen und multiplizierte sie mit Trillionen, wie die unendlichen Brüche der Lichtstrahlen in den Ecken der Spiegel.

Es war doch schön gewesen einen Cappuccino mit Karmen Josipović zu trinken. Sie hätte gerne gehabt, dass das Leben von nun an mild würde zu diesem schwarzen Schnurrbart und zu den verbitterten Falten um den Mund. Sie hätte gerne gehabt, wenn Karmen sie irgendwie hören könnte und ihr die Umarmung erwidern würde. Sie würde ihr den Schlüssel zur Selbstliebe offenbaren wollen. Bloß, solche wie Karmen würden eher sterben, als etwas in ihrer Weltanschauung zu verändern. Hier konnte nicht einmal Ghaura Devi etwas tun.

Ein hübscher fünfzehnjähriger Junge kam auf sie zu: Karmen stellte Ghaura Devi ihren Sohn vor. Er hatte dasselbe Lächeln, wie ehemals Jasna: dieselben Augen wie auch ihr Vater, der Geliebte Professor. Zum Unterschied zu seiner Mutter, hatte er die Botschaft von Ghaura Devi gehört und sofort verstanden. Ihre Augen blitzten beim ersten Treffen verschwörerisch, des gleichen Ursprungs bewusst. Es ist wahr, die Liebe kommt von überall her, Trillionenfach multipliziert zurück.

Ghaura Devi trank lächelnd den letzten Schluck vom Cappuccino und stand schnell auf. Es kommt leider kein Interview und keine Autobiografie in Frage. Die Doppelseite im

„Cosmopolitan" und das Tratschbuch kann sie ruhig Karmens Fantasie überlassen. Dies war jedenfalls eine angenehme Atempause mitten in all ihren Pflichten. Gleichzeitig, das Ende jeder Bindung.

Leb wohl und viel Glück Kleines Blümchen. Jetzt kann ich deinen Kindesleib den Flammen überlassen. Selten ist es jemandem gelungen nur Dank der Liebe Gottes wieder lebendig zu werden aus der Flamme. Aus der Luft, wie Phönix. Der tapfere kleine Rückkehrer vom Regenbogenweg. Ich liebe dich unendlich.
Deine Ghaura

LADY KOTZ

Dora war eine Topsekretärin. Ihre Arbeit verlangte wahrscheinlich mehr mentales Fassungsvermögen als die eines Topmanagers. Vielleicht war sie sogar interessanter – aber sie hatte einen völlig anderen Wirkungs-, Einfluss- und Machtbereich. Dora hatte Macht über die alltäglichen, kleinen Dinge – über Kleinigkeiten und über Menschen, die sie um geringe Gefälligkeiten baten. Nur von ihr allein hing es ab, ob sie ihnen helfen würde oder nicht. Und vielleicht war es gerade diese Autokratie, wenn es um Banalitäten ging, dass Dora jahrelang am gleichen Platz blieb, mit denselben Menschen und mit derselben Lebensgefährtin.

Ihre Freundin war die grüne Furie der Sümpfe, der Kanäle, septischer Gruben und durch Kotze verstopfter WC-s. Unerbittlich erwartete sie Dora an der Badezimmertür, praktisch unbesiegbar, weil sie dem Anschein nach mal außerhalb, mal im Inneren von Dora existierte. Manchmal entfernte sie sich ein oder zwei Tage lang; so erzeugte sie in Dora eine Illusion von Kraft und Kontrolle über ihr eigenes Leben; kam aber hinterlistig, schleichend zurück und griff sie aus dem Hinterhalt an, wie ein Faustschlag irgendwo zwischen Gebärmutter und Unterbauch, heimtückisch den geheimnisvollsten Teil ihres Seins zerstörend. Und Dora erbrach wie hypnotisiert alles, bis zum letzten Tropfen des Magensaftes.

Anfangs musste sie sich auf den vollen Magen schlagen, ihn zusammenziehen, und sogar Mutters dünne Gürtel in die Speiseröhre schieben, aber diese Amateurphase war in Kürze überwunden. Bald erbrach sie automatisch, mindestens zwei Mal am Tag, hauptsächlich am späten Nachmittag und abends bis zum Schlafengehen. Wie oft sie im Laufe des Abends erbrach hing davon ab, wie viel Zeit ihr gelungen war für sich zu finden. Meistens hatte sie Glück; sie war nämlich wählerisch in Bezug auf Männer und empfindlich auf scharfe Frauenzungen und deshalb in eigener Gesellschaft am glücklichsten. Dennoch, packte sie etwas am Nacken ihrer Unabhängigkeit, wie einen Hund am Halsband und zog sie dorthin wo ihr Bedürfnis zum Kauen und Schlucken von Allem, was ihr in die Hände fiel, unstillbar war. Sie spürte den Geschmack der Nahrung gar nicht; erlaubte sich keine Pause zwischen zwei Bissen; ihre Zähne mussten zerkleinern, mahlen, zerbröckeln, oder auch selbst zermalmt werden. Ihre Eingeweide mussten sich bis oben füllen, wie ein Sack, wie der Bauch einer Schwangeren im neunten Monat, und sich dann entleeren, total und lautlos.

So wurde Lady Kotz für kurze Zeit befriedigt und Dora hatte wieder eine Wespentaille, die Haut durchsichtig wie eine Fee und den Blick aus der Tiefe der Ecke hinter dem zerbrochenen Spiegel.

Im Prinzip klebten Männer an Frauen, die ihr ähnlich waren, aber paradoxerweise verachtete Dora die Männergattung immer mehr, je öfter sie erbrach. Ihr Sexualtrieb und der Wunsch sich selbst zu befriedigen wurden immer kleiner und das Bedürfnis zum Weinen immer seltener. Ihre Tränen waren nicht mehr Beweis der verwundeten Seele, sondern nichts als eine Flüssigkeit, irgendwie weit entfernt von ihr – als ob gerade eine Spinne aus dem Ei geschlüpft wäre, oder eine Schlange eben aus der eigenen Haut gekrochen war. Es war ein nicht irdisches, erhöhendes Gefühl, jede Plage wert.

Lady Kotz fand in Dora ganz zufällig ihr geeignetes Opfer an einem Tag, als diese, wer weiß zum wievielten Mal, mit leeren Händen ohne Liebe blieb. Dora hatte den Eindruck, dass sie für Männer nie mehr als ein glitzerndes Weihnachtspäckchen bedeutete – eine glänzende Verpackung, die zum Auswickeln lockt. Etwas das existiert, damit man es auseinander nimmt und in seine Teile zerlegt: so wie eine Puppe zum Ausziehen und in Stücke zu zerreißen, welche blutet – oh, Wunder! – echtes Blut und sie weint – Scheiße! – echte Tränen.

Früh begann Dora der Liebe wegen zu weinen. Im Alter von Julia wusste sie alles über den vergifteten Apfel und das Schwert im Körper. Als sie ihren ersten Freund auf der Straße mit der Rivalin aus der Schulklasse traf, versuchte sie Selbstmord. Es ist ihr nicht gelungen, aber das Bedürfnis zur Selbstzerstörung blieb.

Das wurde die beharrlichste Sehnsucht in Doras Leben, die genau so intensiv war, wie das Bedürfnis nach Liebe. Sowohl Liebe wie Tod bedeuteten ein Verschmelzen, Rettung, ein Ende der Vereinsamung und des Kampfes mit den fremden Bestätigungen ihrer Fähigkeiten und ihrer Natur. Eigentlich standen die Dinge in der Zeit der Pubertät für sie gut: ein beliebtes Mädchen musste immer schön sein, schlank und beherrscht. Aber bald kam die Matura auf sie zu und kündigte ihr den Beginn des wahren Lebens an, was das auch immer zu bedeuten hatte.

Dora hatte ein gutes Gedächtnis und ein Herz, welches sich durch Güte, gerechte Behandlung und schönes Benehmen weit öffnete. Aber diesen Platz in ihrem Herzen deckte sie im Nu mit einer Flutwelle kompromisslos zu, sobald sie im Ton von jemandem Stichelei, Kritik oder nur grundlose Nervosität hörte. Manche empfindsame Person würde sie da unterstützen, aber Dora stieß gute Menschen von sich ab, weil sie sich primär von den schlechten abwendete: so eine Ironie des Schicksals. Es ist nicht sofort möglich den

Grund hinter einer eiskalten Zurückhaltung von jemandem zu sehen.

An der Schwelle der Reife wünschte sich Dora über alles frei zu sein, viel im Ausland zu reisen und interessante Menschen kennen zu lernen, die unbegrenzt tolerant sind. Aber als sie neunzehn Jahre alt wurde, brach der Krieg in ihrer Heimat aus und so kam das Ende für ihre Träume über die allgemeine Güte der Menschen.

In derselben Zeit ließen sich ihre Eltern scheiden und ihr Vater flatterte, auf den Flügeln einer zweiten Pubertät, zu einem Mädchen, welches in ihrem Alter war. Damit endete auch Doras letzte Illusion. Sie wollte nicht mehr glauben dass Männer lieben können, oder dass eine Frau in einer dauerhaften Beziehung etwas anderes als verraten und um die wertvollen Jahre ihres Lebens bestohlen sein könnte. Innerlich verzichtete sie auf Bindungen.

Ohne Schwierigkeiten inskribierte sie Deutsch und Englisch und bald darauf auch Informatik. Sie hatte es eilig von Zuhause und der finanziellen Abhängigkeit von der weinerlichen, frustrierten Mutter, die nach totalem Verlust stank, zu entkommen. Ihr Schicksal wollte Dora auf keinen Fall wiederholen. Sie war eine fleißige und schnelle Studentin, die alle ihre Pflichten gewissenhaft und systematisch erfüllte und mit Leichtigkeit das Diplom erreichte. Gleich darauf bewarb sie sich für den Posten der Sekretärin im Diplomatendienst und – gewann! Adios, ewig unzufriedene Mama und Heimat! Willkommen

Österreich und das neue Leben von Dora, das nur sie, sie allein lenkt!

Aber in Doras Koffer mit den notwendigsten Sachen, hatte sich auch Lady Kotz hineingeschlichen, was den sofort ungewöhnlich schwer machte.

* * *

Doras unmittelbare Vorgesetzte war eine Dame: Frau Prof. Mag. Dr. Maria Blöf, Kulturrat in der Botschaft ihrer Heimat in Wien. Diese Dame war, dem Beruf nach, Kunsthistorikerin und als solche völlig anonym in der engeren und breiteren Öffentlichkeit in ihrer Heimat. Obwohl unbekannt, Frau Prof. Mag. Dr. Blöf konnte die Gewinnerkarte nützen: einen unpersönlichen Konformismus, der hinter den grotesk – theatralischen Wutattacken gut verborgen war, welche ein entenähnliches Wedeln mit den Händchen begleitete. Solchen idiotischen Ausbrüchen sahen Männer, die richtig regierten, bereitwillig durch die Finger, weil sie ihrem Frauenbild in der Diplomatie gänzlich entsprachen.

Frau Blöf machte den Eindruck einer Seezunge, die halb im Schlamm vergraben war: dasselbe gelbliche sommersprossige Gesicht, einseitig schief, dieselben wässrigen Augen, die wie bei einem Vampir hinter dem Windschutz der Tränensäcke hervor starrten, derselbe Mangel echter Haare am Kopf... Alles an Frau Blöf signalisierte: Ich bin arm, elend und gänzlich ungefährlich: Eine totale Mimikry mit Grund. Sie kam immer und überall zu spät, rauchte eine Milde Sorte nach der anderen, ging ununterbrochen im Büro auf und ab, und im Prinzip tat sie nie etwas anderes. Von Zeit zu Zeit organisierte sie einige traurige Vorstellungen mit elenden Empfängen, bei welchen sie Künstler der Z-Kategorie aus der Metropole präsentierte und jammerte, wie schwer alles sei und dass es nie genügend Geld gäbe. Das war die Einleitung und der Grund, um den Naiven ihr Honorar zu stehlen und damit die Tatsache zu rechtfertigen, dass sie jene in Stundenhotels ohne Frühstück unterbrachte. Und durch irgendein Wunder glaubten alle Frau Blöf. Dora war diejenige, die pünktlich zur Arbeit kommen musste, nie rauchen durfte, die in ihrer Mittagspause mit zusammengebissenen Zähnen das Jammern der privilegierten Alten anhören musste und die, die bei dem kleinsten Zeichen des Widerstandes sofort gegen eine neue Sekretärin ausgetauscht werden würde.

Frau Blöf war nämlich hinter ihrem Äußeren eines monströsen Fisches überraschend erdnahe und geschickt. Für den eigenen Egoismus und die Unfähigkeit konnte sie sich mit einem kosmetischen Eingriff der schönen Geste loskaufen: sie bot Dora Karten für irgendeine Hit – Matinee in einem der ersten Reihen am Balkon an. Oder sie lud sie zu einem politisch unwichtigen Empfang ein. Sie dachte, es sei mehr als genug.

Das, was andere schönere und gescheitere Frauen im Bett abarbeiten mussten, leistete Frau Blöf allein mit der Tatsache, dass sie Mittelmaß war und als solche, ideale Maskotte in jeder Botschaft, auf einer fiktiven Stelle wie die eines Kulturrates. Sie war eine echte Perle. Für ihre vielen diplomatischen Fehler zog Frau Blöf immer zwei unumstößliche Antworten abwechselnd, nach Gelegenheit und Laune, aus der Tasche: Nierenkoliken und Diabetes mellitus. Aber, einzig fix war das Verspäten zur Arbeit, alle Unter- oder Übergeordneten für die eigenen Fehler verantwortlich zu machen, und die Durchführung aller Berichte oder amtlicher Schriftarbeiten auf Dora abzuwälzen.

Frau Blöf hatte eine einzige Tochter namens Nora, die oft ihre Mutter am Arbeitsplatz besuchte. Das Mädchen war zwanzig Jahre alt, studierte Dramaturgie in Wien, ihr eigentlicher Wunsch war aber Schauspielerin zu werden. Nora war schön wie Greta Garbo. Es war unglaublich wie wenig Ähnlichkeit sie mit ihrem fischähnlichen Muttertier hatte: Sie mit ihrem hohen Wuchs, der leuchtend weißen Haut, dem üppigen Busen und den schmalen Hüften. Aus ihrem Gesicht strahlten die hellgrünen Augen und die herzförmigen Lippen wie die von Jean Harlow. Das Köpfchen war so wie bei Sinead O`Connor rasiert, was ihre gemeißelte Schönheit noch mehr betonte. Noras Krone war ihre Androgynie – eine graziöse Nichtbeachtung der Reize, welche ihr die Natur geschenkt hatte – und ihre Einfachheit. Sie zog Menschen an, ohne nach Geselligkeit zu streben. Man bemerkte sie sofort und schätzte sie ohne dass sie ein einziges Wort gesprochen hatte.

Frau Blöf missachtete ihre Tochter vor Dora ununterbrochen und vor jedem, der ihr zuhören musste. Als ob sie alle Tugenden von diesem schönen Körper entfernen wollte: Nora sei nicht durchschlagskräftig genug, sie sei zu sensibel, sie könne mit den Menschen nicht umgehen, oder sie arbeite nicht genug an sich… In Doras Augen wuchs die Schönheit von Nora gleichzeitig mit dem Wunsch, diesem fischköpfigen Ungeheuer auf die neidische Schnauze zu schlagen.

Dora und Nora: Der Unterschied bestand in einem einzigen Buchstaben und auch sonst in allem anderen.

Trotz sichtbarer Erschöpfung war Dora noch immer schön – aber die Menschen sahen es nicht mehr. Diejenigen, welche ihre kühle, distanzierte Haltung nicht sofort vertrieben hatte, wurden durch den Geruch von Lady Kotz abgestoßen. Sie hatte sich schon lange als ein absoluter Herrscher von Dora inthronisiert: nur jemand wie Nora konnte sie zurückdrängen-

Nora bestellte im Kaffeehaus Apfelstrudel, gab zwei große Löffel Zucker in den Kaffee und erklärte Dora, dass sie Schauspiel inskribieren möchte und das ausgerechnet im berühmten Reinhard-Seminar. Wenn das Uwe Dörr konnte, warum nicht auch sie! Sie erzählte auch vom Tae-Bo Training, Jahre der Beschäftigung mit Karate und über ihren neuen Freund Jürgen, der Trainer dieses Kampfsportes war. Sie wollte auch ein Kickbox Training beginnen: Ganz im Planen war sie, schwungvoll und leicht wie ein Schmetterling.

Dora hörte ihr meistens schweigend zu, erschüttert vom Unterschied zwischen dem pathologischen Dämon in sich und dem Wesen, das ihr gegenüber saß. Nie würde sich Dora trauen offen über ihre Wünsche und Pläne zu sprechen, da sie wusste, dass Wünsche für sie unerfüllbar sind. Aber neben Nora zu sein bedeutete, angenommen zu sein, befreit von der Sünde des Erbrechens und für einen Augenblick glücklich.

Jürgens Kopf war genauso kahl rasiert wie Noras. Er war schlank, muskulös und selbstbewusst. Auf keine Weise zeigte er, dass Dora ihm nicht gefiel, obwohl es ihn in ihrer Nähe schauderte. Auf der Energie Ebene roch sie schon übel: wie eine Leiche.

Dora war gar nicht eifersüchtig auf das fremde Glück, aber während sie zusah wie Nora und Jürgen Zärtlichkeiten austauschten, spürte sie einen Schmerz, starken Zahnschmerzen ähnelnd. Sie fühlte wie sich Leben und Jugend aus ihren Venen, wie aus einem zerstörten Brunnen, unsichtbar und unnötig ergossen. Auf dieser Welt fühlte sie sich überall mehr den je überflüssig und wünschte irgendwo in Sicherheit zu sein, zwei Meter unter der Erde.

Nora und Jürgen luden sie mit sich ins Kino ein, was Dora wirklich rührte, aber auch nicht glücklich machte. Der Blick auf den fremden Reichtum erinnert manchmal an den eigenen Hunger. Und so eilte Dora jedes Mal so früh sie konnte nach Hause, zu ihrer Krankheit.

* * *

Karma Pizza war die Theaterdiva der Metropole. Sie war über vierzig Jahre alt, nachdem sie aber so mager wie ein chinesischer Rikschafahrer war, oder wie ein Nachfolger von Mahatma Gandhi in der Phase des Hungerstreiks, gelang ihr zusammen mit den fraulichen Rundungen auch zehn Jahre ihres Alters abzunehmen - solange ihr niemand ins Gesichtchen sah, das die meiste Zeit in eine kindliche Grimasse verzogen war. Fräulein Pizza hatte eine ziemliche Menge Gesichtsfalten, welche man täglich sorgfältig mit Ladungen teuerster Schminke restaurieren hätte sollen. Das Leben und die Karriere von Karma Pizza dirigierten ihre strenge, ehrgeizige Mutter und ihr Verlobter, den die breite Öffentlichkeit als solchen kannte. Er war ein örtlich bekannter Regisseur, der im Privatleben Burschen vorzog.

Karma Pizza spielte schon zwanzig Jahre das Unschuldslämmchen der Szene, auf Grund schwachsinniger Grimassen und ihrer anorektischen Magerkeit. Das Publikum und die Kritiker waren mit der Zeit gezwungen sich auf eine Interpretation dieser Art zu gewöhnen: der müde alte Intendant des bekanntesten Theaters in der Metropole schob sie hartnäckig in jede mögliche Aufführung. Und so musste Karma Pizza ein Star werden. Merkwürdig sind die Wege des Herren.

Frau Blöf erwartete voll Ungeduld den Besuch der großen Pizza in ihrer Botschaft. Das war das Kulturereignis der Saison. Nora und Dora mussten Einladungskarten für den Monolog machen, den die große Pizza versprochen hatte, speziell bei dieser Gelegenheit zu rezitieren, und das ohne Honorar. Nora hatte schon in der Heimat dieses „Schaugespiele" mehrmals gesehen und lachte über die Hoffnungen ihrer Mutter auf die Qualität dieses Auftrittes. Frau Blöf hoffte ebenfalls Miss Pizza soweit zu bringen, dass sie Nora hilft, in der Heimat Schauspiel zu inskribieren.

Jedenfalls hatten Dora und Nora riesigen Spaß beim Ordnen der Einladungskarten mit dem Foto dieser blöd glotzenden Vierzigjährigen Alten, unter welchem die Aufschrift stand: „Einladung: Die Große Pizza!" - Glanz und Elend ihrer Heimat. Und Miss Pizza kam endlich: mager wie ein Opiumrauchender, in Kreationen von Keti Balogh gewickelt, in Begleitung ihrer persönlichen Dramaturgin und Geliebten und der unvermeidlichen Mutter. Diese drei heiligen Kühe maßen Nora mit einem hyperkritischen Blick und nach ungefähr zehn Minuten mussten sie von der Suche nach einem Mangel im Gesicht oder Noras Körper Abstand nehmen. Die Sekretärin Dora würdigten sie keines längeren Blicks, sondern legten lediglich ihre Täschchen und Mäntel auf Doras Arbeitstisch ab. Die Kleiderablage in der Botschaft ist vielleicht gut genug für Kleider von Armani, aber für Keti Baloghs Kreationen? – Auf keinen Fall.

Frau Blöf zog ihren kaum existierenden Hals noch tiefer zwischen die Schultern ein und fing ihnen zu schmeicheln an, mit einer Stimme so tief, die klang als ob ein Nilpferd wie eine Katze zu schnurren versuchte. Diese Haltung gefiel der Mutter und der Geliebten der Diva sehr. Aber die Große Pizza erwiderte auf den Ausbruch des Lobgesanges und der Komplimente aus dem Munde der Blöf nur mit ihrem gewohnten: - "Ka – ka!... Pa –pa!... Pu – pu!... Me – me!" - Das war ihre erprobte Formel des diplomatischen und charismatischen Auftrittes für jeden Anlass. Und tatsächlich: alle applaudierten.

* * *

Frau Blöfs Mühe brachte Früchte: Karma Pizza erbarmte sich auf ihr gutturales Einschmeicheln und bot gnädig Frau Blöfs einziger Tochter Freundschaft an. Die drei großen Damen nahmen Nora zuerst mit in einen Wellness-Spa. Nora schleppte auch Dora mit sich. Nicht weil sie von der Bosheit der faden Alten Angst hätte, sondern weil sie Dora erfreuen und ihr Entspannung ermöglichen wollte.

Nora kannte das Geheimnis ihrer Freundin gut. Sie verstand die aufgesprungenen Ecken ihrer Lippen, rote Pusteln, die kein Korrekturstift mehr verdecken konnte, violette Augenringe um die eingefallenen Augen. Aus Doras Poren verbreitete sich ein eigenartiger, basischer Geruch und ihre Backenknochen bohrten sich fast durch die Haut. Niemand erinnerte Nora mehr an Jesus am Kreuz. Wie könnte sie dieses unglückliche Wesen, das am Rande seines unbegreiflichen Abgrundes hing, rehabilitieren? Sie spürte, dass Dora gerade sie um ihre Rettung bat. Aber es ist am schwierigsten denen zu helfen, die ihre Pein selbst gewählt haben. - Und während sie so überlegte, begannen die Omis zu lärmen: Man sollte sich entkleiden und auf die Massagetische legen. Dora lehnte es glatt ab, steckte sich die Hörer des Walkman in die Ohren und packte ihr dickes Buch. Sie werde unten in der Halle im Cafe warten. Aber Nora zog sorglos ihr ganzes androgynes Gewand aus, welches ihrer Renaissance-Schönheit einen Hauch Gegenwart gab.

Den Alten blieb der Mund offen, als sich vor ihnen auf dem Massagetisch der Körper einer Venus ausstreckte. Ein für sie unbegreifliches Geheimnis der schönen und sauberen Jugend.

Karma Pizza, gerade fertig getoastet nach der UV-Bestrahlung, stand da mit Hautsäckchen statt Busen und ohne Hintern: als

83

ob man ihr die Gesäßbacken abgeschnitten hätte. Anstatt eines Arsches hatte Karma Pizza eine platte Ebene, geschmückt von einer zwei Finger dicken Zellulitis – und das war alles. Am liebsten würde sie dieser Kleinen die Brüste amputieren und sich mit denen ihren Hintern füttern, wenn ihr nur fremdes Gewebe die Jugend zurückgeben könnte.

Ihre Geliebte sprach in ihrem Namen: sie hielt Nora eine Predigt darüber, dass Rundungen nicht mehr modern seien und sie mindestens zehn Kilo abnehmen sollte, um wie ein Top-Modell auszusehen. (Die ruhige Frage von Nora: „Und warum sollte ich wie ein Top-Modell aussehen?") Tatsächlich, alle drei konnten sich kaum zurückhalten, um die Kleine nicht an Ort und Stelle zu vergewaltigen. Nur der Blick auf Noras sportlichen Bizeps hielt sie zurück: trotz der lieblichen Art war das Mädchen offensichtlich nicht gerade schwach. Alte Pizza, die Mutter der weniger alten Pizza, war voller Falten wie ein Elefant, mit geographischen Karten von Venen überall auf den Beinen und auf den vorsintflutlich großen Brüsten, die ihr bis zum Nabel herabhingen. - Noras junge Augen speicherten alles im Hinterkopf was sie sahen. Dies war eine ausgezeichnete anthropologische Studie darüber, wie der Zerfall weiblicher Körper auf die Matrizen ihres Benehmens wirkte.

Nora nützte die Wohltat der entspannten Stimmung aus und bat Pizza die Rolle der

Giulietta in ihrer Adaptierung von Shakespeares Meisterwerk zu spielen. Nora wäre dann Romeo und ihr Freund Jürgen könnte Ton- und Lichtmeister sein. Diese Vorstellung hätte in ihrer Heimat, wegen des Mitwirkens von Miss Pizza einen Kultrang. So könnte Nora die Rolle spielen, deren Text sich zu lernen lohnte und Karma Pizza könnte die junge Schönheit darstellen: kurzum, jeder würde etwas bekommen. Fräulein Pizza biss sofort an, doch die Geliebte und die alte Pizza waren dagegen. Ein Mädchen könne keinen Mann darstellen; und woher hätte Nora die nötige Erfahrung? außerdem seien Schauspiel und Regie schwere Arbeit (laut der alten Pizza) und woher hatte Nora überhaupt die Frechheit sich zu wagen neben der großen Pizza zu spielen (die Geliebte).

Doch, der Diva konnte man es nicht ausreden. Tapfer überhörte sie die indignierten Kommentare ihrer Geliebten: etwas weniger tapfer ignorierte sie die Kritiken ihrer Mami. Innerlich gab sie Nora den Platz ihrer ersten Hofdame und willigte ein, sich in die Arbeit zu stürzen. Schon ab dem nächsten Morgen trafen sich Pizza und Nora täglich zum Kaffee, mit einem Band von „Romeo und Giulietta" vor sich und diskutierten über ihre Rollen.

Nora würde gerne in einem anderen Tempo arbeiten. Sie würde einfach auf die Bühne springen und jedes Schwatzen mit der praktischen Arbeit zerstören, auch wenn diese falsch wäre, aber was sollte man tun? Die Große

Pizza hatte ihren Rhythmus einer unbegabten Schildkröte und Nora konnte keine Frau darstellen. Deshalb ließ sie Pizza arbeiten so wie diese es konnte und konzentrierte sich auf ihren Romeo. Sie pfiff auf das geschulte Schauspielen, wie auch auf fremde Vorurteile. Sie wollte eine echte, lebendige Vorstellung, die in den Menschen etwas erweckte. Gleichzeitig wollte sie, dass sich Jürgen und sie dabei gut amüsierten.

Anfangs versuchte Pizza mit Jürgen zu kokettieren, aber als sie merkte, dass dieser Rotzjüngling sie gar nicht beachtete, ignorierte sie ihn nach kurzem Schmollen ganz. Dora – dieses eigenartig abweisende, ermattete Mädchen – bemerkte sie nicht einmal und doch war es ihr recht, als sich dieses von sich aus, zu distanzieren begonnen hatte.

Nora versuchte auf alle möglichen Arten Dora in die Aufführung einzubauen, da sie fand, dass für sie jede Gesellschaft besser sei als die Einsamkeit. Dora aber wurde immer abweisender. Schließlich, als Nora sie um Hilfe bat ein E-Mail zu verschicken, lud Dora ihr ganzes Leid auf sie ab. Sie schlug ihr diese Gefälligkeit fast triumphierend aus und brach plötzlich jeglichen Kontakt zu bestürzten Nora ab. Obwohl sie sich das nicht eingestehen wollte, war sie eifersüchtig weil Nora sich der Pizza näherte, wo sie diese noch vor einigen Tagen so sehr ausgelacht hatte. Alles kam auf seinen Platz: Noras Schönheit, Gesundheit und ihr Wankelmut. Dora wollte und konnte nie gleichzeitig mehr als eine Freundin haben und dachte, dass alle so sein müssten. Alles andere war für sie Heuchelei. Sie fühlte sich eigenartig müde, verraten, enttäuscht: eigentlich, nicht einmal von Nora. Lady Kotz wurde immer possessiver und erwartete Dora mit Ohrfeigen, sobald diese bei der Tür herein trat.

Wenn dich jemand grüßt und du nicht danken kannst, wundert es dich noch, dass du absolut unbeliebt bist? Und wer hat dich da verraten? – Sicher nicht dein Schutzengel, der dich ohne Worte versteht. - Seit eh und jäh war es immer dasselbe Gefühl nichts haben zu dürfen, nicht einmal eine Grundzuneigung. Es existiert keine bezahlte Therapie, welche dich vom Gegenteil überzeugen kann. Mit deiner Verdrießlichkeit verunreinigst du nur die Welt.

Wenn du Gott auf Knien um Hilfe bittest und er schickt dir den stärksten Engel, damit er hinter deiner Schulter steht und du kannst dich nicht einmal umdrehen, könntest du dann überhaupt die Aufmerksamkeit von jemandem verdienen?

Leb wohl, Dora, leb wohl hässliche WC-Plage, leb wohl Du Einsamkeit in der Menschenmenge, von denen jeder Mensch irgendein Recht hat. Erinnere dich, dass du einmal lieben konntest und mach' dasselbe.

Dora stand ein letztes Mal am Scheideweg. Das was sie isst, wird sie erbrechen. Wenn sie nichts isst, wird sie das umbringen. Entweder gibt es ein hässliches Ende oder kein Ende. Sie entschied sich den letzten Kampf durchzustehen. Eine entschlossene Stimme zu sein, ohne Ton, ohne Echo, ohne Gedanken: ein energischer Spuk. Sie schaltete ihr Telefon ab, ging nicht mehr zur Arbeit, wusch sich nicht und kleidete sich nicht an. Sie hörte auf sich zu bewegen. Eine Weile fühlte sie sich merkwürdig. Einige Zeit weinte sie lautlos.

Zusammen mit den Tränen flossen Bilder von Kamelen, die unter der Wüstensonne an Erschöpfung starben. Sie erinnerte sich an das Ende des Mädchens mit den Streichhölzern und zündete in Gedanken eines für Nora und deren Erfolg im Leben an. Sie erinnerte sich an ihre erste und einzige Liebe: Wie das Ende dem Anfang den Schweif küsst. So wie sie einst ihre Fehler mit dem Radiergummi löschte, so radierte sie jetzt ihr Leben aus, und keinen Augenblick lang fühlte sie etwas anderes als endgültige Freiheit und die Nähe des Ziels, keinerlei Mitleid, keinen Hunger, keinen Schmerz.

Das Scheusal, das sie so viele Jahre lang an den Haare zog in Richtung des Überfressens und Erbrechens, schien nie da gewesen zu sein: die Freiheit war nahe – nur noch ein wenig –

Dora stieg nun auf die siebenstöckige Pyramide: sie wechselte die Farben. Der erste Stock war rot, auch Dora wurde gleich rot. Die ganze Kraft, die sie im Leben für das Erbrechen vergeudet hatte, bot sich ihr jetzt an, wie ein Bad im Meer aus Blut, und Dora füllte sich wie eine Injektionskanüle auf. Das war ihr echtes Ich. Dann kam die blaue Farbe an die Reihe, die Tauben der Toleranz und des Friedens: und Dora fühlte, dass sie jetzt endlich bereit wäre die Umarmung von jemandem zu erwidern, ohne Beleidigung oder Kritik. Dann kam der gelbe Stock: Tausende und abertausende gelber Schlüsselblumen, alles Freunde von Dora, die nur dafür auf der Welt waren, um Dora zu empfangen und ihr das Leben zu retten, wenn ihr irgendwann in den Sinn käme von irgendeiner Brücke zu springen. Am grünen Stockwerk wurde Dora zu einem Smaragd und einer endlosen grünen Wiese. Am orange färbigen Stock traf sie den Dalai Lama und auf dem dunkelvioletten anschließend, begegnete sie sich selbst, verkleidet als Lady Kotz, mit der Maske von Freddy Krüger im Taucheranzug, der an ein riesiges violettes Präservativ erinnerte. Sie musste lange warten bis sie der Spuk ansprach: aber als dieser endlich unmenschlich zu brüllen begann, sagte ihm Dora, er könne die Verkleidung jetzt verlassen. Und siehe: aus der Maske schlüpfte Nora mit ihrer glatten und schneeweißen Haut. Dora war zu Nora geworden, und als solche stieg sie auf die siebente Ebene, die indigofarben war. Es war die letzte Hürde und eine Nacht ähnlich einer Kuppel, in welcher Dora endlich alles verzieh, alles verstand und alles auf der Welt um Verzeihung bat.

Auf dem glänzenden Dach der Pyramide, wie auf einem Flugplatz aus Kristall, wartete auf sie ihr Ende – aber kurz davor wurde in ihr etwas wiedergeboren. - Etwas Strahlendes und gänzlich Blindes.

Der Stolz der ganzen Welt – das ist meine Seele, die gehörte immer mir und nur sie kann ich immer lieben – sie ist ewig –

und da hörte Dora auf zu sein.

* * *

In derselben Nacht träumte Nora von einer Bühne auf der eine goldene Antilope herumspazierte, so glänzend wie die Sonne. Jürgen sagte ihr, sie hätte im Schlaf geweint, aber sie konnte sich an nichts erinnern. Zuerst fühlte sie einen Schmerz, den eine eigenartige Leere verursachte. Dann spürte sie die Dimension eines neuen Raumes in ihrem Inneren: als würden zwei Monolithen auseinander geschoben worden. Sie fühlte, dass diese Veränderung für sie wesentlicher war als der Verlust der Unschuld: nur, von alldem erzählte sie Jürgen nichts.

Gleich darauf bedankte sie sich bei Miss Pizza für ihre bisherige Mühe und erklärte ihr, sie würde in Zukunft lieber selbst die Giulietta spielen. Pizza war zu Tode beleidigt, packte das Cappuccinotässchen, leerte es Nora in den Schoß und lief wütend aus dem Kaffeehaus. Von nun an hasste sie Nora so, wie nur ein verschmähter Schauspieler hassen kann und richtete Nora in der Heimat und in dem kleinen Teil des Auslands, der für sie erreichbar war, aus. Und doch, hoffte sie insgeheim, dass die schöne Nora sie, trotz allem, eines Tages anrufen, oder ihr wenigstens etwas ausrichten würde, oder nur -

Nora war jetzt bereit der Welt ihr einzigartiges goldenes Licht, ihr kleines Stonehenge, zu zeigen. Sie spielte die Giulietta mit Erfolg. Den Romeo spielte anfangs Jürgen und später jemand anderer. Mit für sie charakteristischer Leichtigkeit inskribierte Nora Schauspiel in der Metropole und studierte fertig. Die bösen Redereien der Großen Pizza machten Nora in den Augen der örtlichen Mächtigen noch zusätzlich interessant. Sie kam anschließend nach Österreich zurück. Die goldene Antilope kann man, muss sie aber nicht, Giulietta nennen: Nora spielte sie jedes Mal reifer und besser. Dabei wurde in ihr die Erinnerung an jemanden wach, dessen Schicksal sie nicht mehr kannte: Erinnerung an eine alte Bekannte, der sie etwas schuldete. Es war ihr selber nicht klar was und warum.

Sei es wie es will, Nora erwähnte gerne ihre Schuld. Immer wenn sie gefragt wurde, woher sie die Inspiration für ihre Rollen nähme, sagte sie: - „Es war ein Mädchen aus der Botschaft in der meine Mutter arbeitete. Sie unterschied sich von mir durch einen einzigen Buchstaben, und auch sonst in allem anderen." -

PINGUIN

I

Wie definiert man eine Frau?

Als ein nicht greifbares, nicht vorhersehbares Wesen, das dich mit seiner überlegenen Intuition vorausahnen kann? Als eine Naturgewalt, der du ständig zu Diensten stehen musst? Als eine tödliche Spinne, die ihre Beute immer stehen lassen kann, wenn sie keinen Hunger mehr hat?

Veljko Sod mochte eigentlich keine Frauen, zumindest nicht jene, die für ihn erreichbar waren. Damit ihm ein Mädchen gefiel, hätte es immer zu reich, zu schön, zu verwöhnt, oder nach Möglichkeit, in fester Bindung mit einem männlichen hohen Tier sein müssen: einem Bonzen, Fußballer oder Rocker. Im Idealfall diente Veljko so einem Mädchen als Kaugummi – es würde ihn binnen einer halben Stunde ausspucken. Vielleicht würde sie ihm erlauben, sie auf dem WC des „Saloons" zu lecken, wenn sie besoffen genug war oder in tiefer Depression steckte, aber mehr auch nicht.

In den Perioden zwischen seinen verhängnisvollen – unerreichbaren großen Lieben fiel Veljko die Abstinenz leicht. Er würde irgendeine billige Pornozeitung kaufen und sich im Badezimmer selbst befriedigen. So konnte er monatelang leben. Jahrelang lebte er in Untermiete, nach Möglichkeit zusammen mit einer alten Zimmerwirtin, die vor seiner Türe am Wohnzimmersofa schnarchte und ihm die Miete nachließ, in der Hoffnung er würde als Entgegenkommen mit ihr schlafen. Wenn ihm die Alte zu anstrengend wurde lief er ihr einfach in ein anderes Untermietsquartier davon. Er hatte sowieso nicht viele Sachen die ihm gehörten.

Veljko war ein arbeitsloser Schauspieler um den die Regisseure und Kollegen einen Bogen machten. Er schien ihnen eigenartig. Er kam von einer kleinen Insel, mitten in der Adria, wo zwei Familien lebten, deren Mitglieder immer untereinander heirateten. Als Folge davon waren alle Kinder auf der Insel kränklich, von kleinem Wuchs, neigten zu Epilepsie, Geisteskrankheiten und hatten Wachstumsprobleme. Es waren kleine lokale Endemien, nur diesem tristen Stückchen Boden angepasst, über welchen ununterbrochen der Südwind peitschte.

Veljko war keine Ausnahme. Er hatte Schwierigkeiten mit dem Gehör und mit der Sprache, dazu hinkte er mit dem rechten Fuß. Weil er mit diesem Fuß wie ein Pinguin ruderte, nannten ihn die Eltern von klein an: Pinguin oder Pingu.

Wie gelang es Pingu überhaupt Schauspiel zu inskribieren?

Beim Militär, während des Präsenzdienstes, entdeckte er, dass sich sein Glied, außer bei Märchenprinzessinnen, auch bei den zarten blonden Buben hob, die neben ihm unter der Dusche standen. Und bald begriff er auch, dass manche von diesen Bübchen nicht im Geringsten böse wären, wenn er sie ein wenig an die Mauer drückte und ihnen seinen Phallus bis zu den Eiern bohrte. Zum Unterschied zu den Frauen mussten die Jungs nicht für ihn unerreichbar sein: es gab keine Probleme und es war nicht nötig ein Ritter, Troubadour oder Masochist zu sein. Außerdem, blieb alles unter den besten Freunden. Es lohnte sich Männer zu lieben.

Bei der Aufnahmeprüfung erkannte ein alter Regisseur sofort Pinguins Talent. Er führte den Jungen ins Dekanat, verschloss die Tür, ließ die Hose herunter und platzierte seinen Hintern auf dem Katheder. Allerdings war der Regisseur weder schön noch blond, noch ein Jüngling, doch Pingu entdeckte mit Erleichterung, dass ihm sein Glied einwandfrei und ohne Widerrede gehorchte – und es ging ihm gar nicht schlecht dabei. Im ersten Studienjahr bekam Pingu auf diese Weise drei beste Freunde: Den großen Volleyballspieler Crni, einen noch größeren Zadro und den üppigen Vuk. Alle Drei liebten, beschützten und verteidigten ihn, aber insgeheim schielte Pingu zu den Balletttänzern auf die andere Straßenseite vis á vis der Akademie... und laut erzählte er, dass er wegen einer unerreichbaren Möse leide. Lügengeschichten über fatale Frauen wurden zu seiner regelmäßigen Ausrede, so ähnlich wie Kopfschmerzen, immer wenn seine drei Beschützer zu viel von ihm verlangten.

Und doch musste er der Ordnung und des Scheins wegen auch mit den normalen, gewöhnlichen Frauen befreundet sein: wir sind doch am Balkan, nicht in den Niederlanden. Behinderte Jungs, die wenig und leise sprechen, können manchmal eine Flut von Beschützergefühlen bei Frauen im Ruhestand und bei Frauen-Opfern hervorrufen. Auf deren Rechnung lebte Pingu rücksichtslos wie ein Parasit. Bei ihnen ließ er seine Wäsche waschen, kam ohne Voranmeldung zum Abendessen und ging ohne Gruß. Von ihnen borgte er Geld, wissend dass er es nie zurückgeben wird und hatte ein ruhiges Gewissen. Mit diesem Typ Frau durfte man nach Herzenslust ordinär und grob sein. Das hatten sie selbst so verlangt.

Seine große Chance bekam Pingu sofort nach dem vierten Studienjahr: Man holte ihn ins „Gavella Theater" damit er in einer Aufführung mit dem Größten Kroatischen Schauspieler spiele. Pingu war außer sich: der Schicksalszug, der zu den großen Erfolgen führte, machte an seiner Station halt. Er, Veljko Sod war auf dem Weg ein großer Star zu werden!

Pingu bekam die Rolle des hinkenden Bruders des Haupthelden. Der Größte Kroatische Schauspieler beobachtete ihn gutmütig und überlegen, so wie ein Löwe ein Kätzchen ansieht. Er hatte auch Grund dazu: Der Größte war voll Energie, Kreativität und was das Wichtigste war, Talent, um jede Situation für sich zu nützen. Er war gleichzeitig spontan und berechnend, großzügig im Auftreten und unendlich schlau in der Seele. Dazu, war der Größte eine ansehnliche Erscheinung nach den Kriterien beider Geschlechter: Frauen vergötterten ihn und Männer bewunderten ihn. Der Größte konnte so viel Alkohol vertragen wie ein echter Held, er vögelte drei Models gleichzeitig und war mit der Tochter eines angesehenen Politikers verlobt; er verzichtete auf nichts im Leben und fürchtete sich auch vor nichts. In jeder Rolle, die er spielte, wurde er gefeiert und gelobt: sowohl im Film, wie auch auf der Bühne. Der Größte war ein regionaler Gott.

Pingu verliebte sich stärker als er es für möglich gehalten hätte. Er verlor seinen Appetit, Schlaf und Konzentration. Er missachtete jede Professionalität, ignorierte alle Anweisungen des Regisseurs, seine Bitten und selbst sein wütendes Brüllen. Er spielte wie unter Wasser und träumte bei Tag. Während der Pause brachte er dem größten Kroatischen Schauspieler Kaffee, Bier und Vodka in einer Mineralwasserflasche (eine Probe ist eben doch eine Probe). Während ihm der Größte erklärte, wie er seine Rolle besser spielen sollte, starrte Pingu unverwandt auf seine Lippen und kämpfte mit dem Wunsch ihn zu küssen. Er lebte von Kaffee und Zigaretten; die Nächte verbrachte er wie besessen wichsend und wurde zu einer scharfen Bombe.

Am Tag der Generalprobe tickte Pingu endgültig aus. Als sich ihm in der gemeinsamen Szene die Lippen des Größten auf eine geringe Spanne näherten; packte Pingu ihn plötzlich beim Hintern, zog ihn zu sich und küsste ihn wild ab. Der Größte blieb einen Augenblick atemlos, aber dann schob er bestürzt den jungen Mann von sich. Pingu ließ sich nicht so leicht los lösen und so entstand ein Ringen vor den Augen des ganzen Ensembles. Schließlich gelang es, den Pinguin vom Objekt seiner Begierde zu trennen, der sich von Ekel erfasst das Gesicht wischte, fluchte und die verdammte Tunte bei allen Göttern und Heiligen verwünschte. Die größte Legende der Metropole so zu entwürdigen!

Pingu flog auf der Stelle aus dieser Aufführung. Es gab keine Chance mehr für ein Engagement im „Gavella". Natürlich, keiner konnte die Wahrheit über den grotesken Vorfall bei der öffentlichen Probe zugeben, weder der Größte noch die anwesenden Zeugen. Und doch wurde der „verrückte Pingu" persona non grata, aus der Welt des Schauspiels für immer abgeschrieben. Außer einigen kleinen Nebenrollen in unbedeutenden Filmen und in Provinztheatern, spielte Pingu nie mehr etwas.

Die Jahre vergingen immer schneller: „der Verrückte Pingu" wurde zur örtlichen Witzfigur. Niemand, nicht einmal die Professoren der Akademie, erinnerten sich, dass er Schauspieler war. Er machte seine Diplomprüfung nie; hatte keine Art von Versicherung – weder Kranken- noch Pensionsversicherung. Manchmal fütterten ihn die Frauen, bei denen er in Untermiete wohnte, durch. Hie und da synchronisierte er Pornofilme für die Videodistribution und manchmal verkaufte er seine Sexdienste neben dem Hotel „Esplanade" oder im Dunkeln des Kinos „Stenjevac". Ziemlich oft war er hungrig, buchstäblich und unromantisch.

Und dann begann der Heimatkrieg.

* * *

Jeder Krieg ist eine Chance für verschiedene Loser. Sie können ihre Wut am kollektiven Feind abladen. Der Hass befreit sie von Hemmungen. Außer, dass sie ihre Not erleichtern können, ist es ihnen möglich sich durch Taten zu bestätigen, wegen welcher sie in Zeiten des Friedens im Kerker oder in der Psychiatrie gelandet wären.

Pingu bewunderte schon immer Soldaten und Polizisten. Jetzt, wo alle Gelegenheit bekamen Krieg zu führen, verlor er keine Zeit. Er war unter den Ersten die sich freiwillig gemeldet hatten, die Heimat zu verteidigen. Nebenbei, das Militär ist nicht gerade blöd: dass er hinkte, war eigentlich nicht sein größter Makel. Der Militärpsychologe war der Meinung, Pingu sei irgendwie unangenehm merkwürdig, nicht verrückt oder durchgeknallt (sowohl die eine wie die andere Eigenschaft existiert bei den größten Helden in Spuren), sondern er war wirklich merkwürdig. Er könnte für die eigenen Reihen gefährlich werden. Nach einem kurzen Gespräch wurde Pingu nach Hause geschickt.

In der Stadt geblieben sind nur Frauen, Kinder und Gesindel, das zu nichts Nützlichem fähig war. In Ermangelung von Männern, fanden sich die Frauen so gut sie konnten zu Recht. Es war nicht leicht auf die Soldaten von der Front zu warten, neben der ständigen Angst und dem Bedürfnis der Arterhaltung, die in der Nähe jedes Krieges wächst. In so einer Situation waren die Männchen auch nicht gerade wählerisch und so bekamen selbst die unansehnlichsten Frauen eine Chance.

Nucki war die tiefste Stufe des weiblichen Durchschnittes. Klein, mit auffallend birnenförmigem Körperbau, lächerlich kleinen Brüsten, die sie vergeblich mit Watte im BH zu verschönern suchte und mit einem riesengroßen Hintern, den die kurzen Beine, wie bei einer Ente, kaum tragen konnten. Ihr Gesicht war ausdruckslos, ohne feine Züge und noch dazu voller Akne. Sie ging gerne zum Friseur, um sich die Haarsträhnen aufhellen zu lassen, aber die gelbe Farbe betonte nur ihren gräulichen Teint. Außerdem waren ihre Haare immer entweder schlecht oder gar nicht gewaschen.

Wie man es auch drehte, Nucki sah seit eh und jäh wie ein weiblicher Loser aus.

„Nucki, wann wirst du heiraten?", fragte Mama jedes Mal, wenn sie in ihren Geburtsort Zelina kam. Nuckis Schwestern waren alle rechtzeitig und glücklich verheiratet. Alle ihre Arbeitskolleginnen redeten nur über ihre Ehemänner, ihre ehemaligen Freundinnen froren die Beziehung zu einem Mädchen, das in der Gesellschaft immer solo war, allmählich ein.

Bis zu ihrem dreißigsten Lebensjahr lernte Nucki, dass sie besonders pragmatisch und unsensibel sein musste, wenn sie zu einem Mann kommen wollte. Weder durfte sie seine üble Laune, seine Gleichgültigkeit und seine schlechte Qualität beachten, noch konnte sie wählerisch sein. Aber so entschieden sie auch war jemanden zu ködern, ging sie schließlich immer leer aus.

Nucki hatte an sich nichts was sich ein Mann merken würde, nichts was seinen Wunsch zu ihr zurückzukehren wecken würde. Ihre Hässlichkeit war nicht so markant, wie jene von Barbara Streisand – sie war unerwünscht gewöhnlich. In der Zeit als sie den Pinguin traf, war sie schon heiß. Sie musste einen Ehemann finden, Mann, Mann, MANN!!! Ohne Rücksicht auf Verluste.

Über gemeinsame Bekannte lernten sie sich im Club BP kennen. Pingu schwieg die ganze Zeit und starrte den Tisch an, aber Nucki lud ihn ins Kino ein. Er willigte ein, weil er mit seiner Vermieterin Streit gehabt hatte und nicht wusste wohin. Im Kino griff Nucki nach seiner Hand. Er verspürte dabei keinen Stromschlag, aber es störte ihn auch nicht. Nach dem Kino lud ihn Nucki zu sich auf ein Getränk ein. Unterwegs schmiegte sie sich an ihn. Auch das störte ihn nicht, im Gegenteil: tatsächlich war ihm kalt. Als sie aber in ihre Wohnung kamen und Nucki gevögelt werden sollte, kam es zum Problem: Pingu brach in Tränen aus. Allgemeine Depression, der Anfang einer Grippe, Streit mit der Zimmerwirtin, die Müdigkeit vom Überlebenskampf - das Alles wurde ihm zuviel. Zum ersten Mal in seinem Leben weinte er vor einer Frau. (Eine alte Legende besagt, dass ein Dalmatiner nach so etwas Selbstmord begehen oder die Zeugin seiner Schwäche heiraten müsse.) Nucki umarmte ihn nur fest, ohne ein einziges Wort. So in der Umarmung verbrachten sie die Nacht. Es war schön, warm.

Seit diesem Tag lebten Pingu und Nucki in einer Symbiose. Es gab keinen echten Sex, weil Pingu das, was vorne war nicht interessierte und Nucki mochte keine Sodomie. Sie arbeitete und verdiente fürs Leben und Pingu fütterte die Katzen, räumte ein wenig auf und sah fern. So verging ihm die Zeit, bis Nucki nach Hause kam und ihm das Mittagessen kochte. Nach dem Mittagessen kuschelte er sich zu ihr auf die Couch, wie ein kleines Kind, und sie streichelte sein Haar.

Nach einigen Jahren heirateten sie. Es war eine schöne und glückliche Ehe, um welche sie viele beneiden könnten.

* * *

Seit sie im Ausland lebte wurde Venus berühmt.

Ihren Namen sprach man jetzt mit Achtung aus. Ehemalige Kollegen erzählten Legenden über ihre Schönheit, ihr Talent und ihr Charisma. Die Regisseure der Metropole, dieselben die auf der Straße den Kopf von ihr abgewendet hatten, kehrten jetzt die Wahrheit um: Sie hätte *sie* nicht begrüßen wollen. Sie weigerte sich ihnen zu zuhören, als sie ihr die besten Rollen anboten und sie auf Knien baten in der Hauptstadt zu bleiben. Manche von ihnen erzählten, Venus käme bei Nacht zu ihnen durchs Fenster und stichle sie mit einer Voodoonadel an den Eiern. Die anderen glaubten, dass sich Venus von ihrem Blut ernähre, wie ein Vampir. Es meldete sich ein gewisser Dalmatino, der behauptete, Venus käme jede Nacht in seinen Traum und sauge an seinen Brustwarzen; und so könne er in der Früh keine Regie machen. Dieser Tratsch steigerte sich bis zum Dokumentarbeitrag mit dem Titel: „Ist Venus eine Hexe?" in der TV-Sendung „Eine halbe Stunde Kultur". Die Reportage dauerte volle 15 Minuten und umspannte eine kurze Biographie der Venus und ausführliche Gespräche mit ihren angeblichen Opfern. In diese Sendung brachte man auch ihre Mutter, eine labile, von Beruhigungsmitteln abhängige Alte, die zwei mal täglich in die nahe gelegene

Kirche zur Beichte ging, um nach Lust und Laune mit den Pfaffen ihre Tochter ausrichten zu können.

Die unglückselige Irre fing vor laufender Kamera zu weinen an: Pater Joso und Pater Ilija hätten ihr gesagt, Venus sei ein echtes Bild Luzifers, als er noch jung war. Gott werde ihre Tochter sicherlich wegen ihres Weggehens nach Österreich bestrafen. Man solle Venus aus der heiligsten Katholischen Kirche exkommunizieren: je früher, desto besser. So hätten ihr es Pater Joso und Pater Ilija, sogar auch Pater Brne gesagt - und da verlor sich ihre Stimme im Schluchzen. Dem Teil der Bevölkerung im mittleren Alter graute es vor der Bestialität der Venus, aber die Teenies waren begeistert. Sie erkannten was dieses Mädchen mit sich herum schleppte: die Schande wegen der beschissenen Familie, eine Tapferkeit, die alle Hürden zertrümmert, eine außerordentliche innere Kraft und die Sehnsucht nach etwas Leuchtendem. Dass Venus über Nacht von Österreich in die Metropole flog, um das Blut der unnotwendigen Regisseure zur Ader zu lassen, schien für sie gerade super. Alles in allem, das Antlitz der Venus strahlte durch ihre Abwesenheit und wurde immer größer und stärker.

Venus wusste es nicht und beachtete es gar nicht, wie ihr Ruhm zu Hause wuchs. In Wien lebte sie in einem großen, weißen Terrassen-Appartement mit Blick auf Schönbrunn. Sie konnte beim Kaffeetrinken die in der Ferne schwimmenden Schwäne beobachten.

Vor langer Zeit bekam sie einen Rat von jemandem, der aus dem fernen Osten kam: - „Versuche nicht den Fluss anzutreiben, schneller zu fließen." - Venus dachte mit einem Lächeln an diese Worte. Noch im Pyjama setzte sie sich ins Auto und fuhr in ihr Fitnesscenter. Nach dem Training und der Massage ging sie zur Probe und dann in ein makrobiotisches Restaurant zum Mittagessen, danach zurück ins Theater, wo sie sich für die Vorstellung vorbereitete. Kann irgendein Fluss schneller und eintöniger fließen? Immer kam sie als Erste und ging als Erste. Sie bemühte sich schon am halben Weg nach Hause zu sein, bevor ihre männlichen Kollegen wetteifern konnten, wer sie zu einem Getränk einladen würde. Sie liebte es eine unerreichbare Ausländerin zu sein. Sie liebte ihre Veranda, wo sie in Ruhe Grünen Tee schlürfen und hören konnte wie ihr Telefon hilflos läutete: Venus hob nie selbst den Hörer ab. Das tat ihre Haushälterin, eine Philippinin. Sie öffnete auch nie persönlich ihre Post, noch las sie ihre E-Mails: das überließ sie ihrer Agentin.

Man müsste sich mit eigenem Blut das Sonderrecht verdienen, damit Venus einem ihre private E-Mailadresse anvertraute; nur selten würde sich jemand diese Mühe antun. Im Übrigen, Emotionen sind Wolken, aber die Liebe ist etwas konkretes, etwas ganz fühlbares. Venus hat ihren eigenen Trainer, einen antrainierten Schönling, der ihren fast vollkommenen Körper bewunderte. Das wäre morgens. - Und abends? Jeden Donnerstag nach zehn Uhr besuchte sie ihr persönlicher Yoga-Lehrer und brachte ihr ihre Lieblings Reisnudeln in Sojasauce.

In ihrem Leben musste alles vollkommen sein; ein absolutes Gleichgewicht zwischen Körper und Geist. Sie musste stark sein und stark bleiben. Nie mehr würde ihr etwas Schlechtes passieren.

Eines Abends brachte ihr die Philippinin das Telefon; die verrückte Mutter aus der ehemaligen Heimat kreischte und piepste etwas. Venus musste den Hörer in einiger Entfernung vom Ohr halten. Sie wusste genau, dass die Alte zu Hause Zusammenkünfte organisierte, bei denen Pfarrer den Teufel aus dem Körper ihrer Tochter zu jagen versuchten. Rituell verbrannten sie Figuren der Venus aus Wachs. (Die Pfarrer modellierten ihr immer doppelt so große Brüste, als sie in Wirklichkeit waren.) - Sie taten dies für gewöhnlich sonntags, am Tag des Herren. Dann spürte Venus eine unangenehme Wärme, die sich in ihrem Körper ausbreitete; also musste sie sich mit Yogaübungen und den Tibetern verteidigen. Na, was will die Alte diesmal?

Dr. Vater ist in kritischem Zustand. Er ist im Krankenhaus.

II

Auch Pingu war einer von den Vielen, die „Eine halbe Stunde Kultur" sahen. Bis zu diesem Augenblick wusste er so viel über Venus wie auch alle anderen, aber jetzt hatte er das Gefühl, dass ihn etwas Unerklärliches zu diesem Mädchen zog. Ihm schien es so als sei gerade sie seine Märchenprinzessin, seine Inspiration, sein zweites Ich; und er hatte keine Kraft mehr auf sie zu warten.

Während Nucki nach dem Abendessen das Geschirr spülte, griff Pingu zu Bleistift und Papier und begann sein Meisterwerk zu schreiben: ein Filmdrehbuch in welchem Venus die Hauptrolle spielen sollte. Die Handlung würde sich in einem Leuchtturm abspielen, den zwei Pfarrer hüten, Pater Jere und Pater Zane. Pater Jere würde Schwester Gloria zum Leuchtturm mitbringen, damit sie ihnen am Hausaltar stehend, mit einem Leintuch über dem Kopf die heilige Maria darstellt. (Das Motiv ist natürlich unklar, aber hier liegt auch der Sinn eines Art-Filmes). Schwester Gloria kann nicht sprechen, sondern kräht nur die ganze Zeit wie eine Möwe. Pater Jere und Schwester Gloria verlieben sich ineinander. Das junge Paar geht ins Zimmer im oberen Stock des Leuchtturmes um ihre Gefühle zu konsumieren. Sie liegen ganz angezogen am Bett, halten sich bei den Händen, sehen sich in die Augen und kreischen wie Möwen. Das wäre der dramaturgische Höhepunkt. Es folgt die Auflösung des Dramas:

Pater Jere berührt sich selbst vor der Gestalt der heiligen Jungfrau/Schwester Gloria, die unbeweglich am Altar steht. Dazu kommt der eifersüchtige Pater Zane und beginnt Jere einen zu blasen. Pater Jere rezitiert dabei ein episches Poem, das Pingu mit großer Sorgfalt gedichtet hatte. Es war nicht gerade ein perfekter Elfsilbler, aber auch keine Slawische Antithese (tatsächlich gab es weder Rhythmus, noch Reim, noch Logik). Aber, Pingu stellte seine ganze Vergangenheit, Gegenwart und Zukunft durch diese dichterische Allegorie dar: - .Die Götter des Olymp, eitel und zänkisch wie Menschen, stritten darüber, wessen Leuchtturm der Größte auf der Welt sei... - Die Kamera nimmt natürlich nicht den Phallus des Pfarrers auf, sondern schwenkt zum Gesicht von Schwester Gloria, die in Großaufnahme lüstern ihre Unterlippe nach unten zieht. (Ob sie dabei wie eine Möwe kreischt oder nicht, das entscheidet später der Regisseur). Nachdem Pater Jere gekommen ist (dabei hört er natürlich nicht mit dem Rezitieren auf), springt Pater Zane auf Schwester Gloria und dreht ihr den Hals um. Der verzweifelte Pater Jere nimmt Schwester Gloria in seine Arme und wirft sich mit ihr zusammen vom Leuchtturm ins Meer.

Beim Schreiben des Drehbuchs weinte Pingu. Diese Geschichte war die Synthese seines Lebens und seiner Karriere. Alle Erniedrigungen, Beleidigungen und Ungerechtigkeiten wird ihm jetzt sein Film wettmachen. Endlich wird es auch für Veljko

Sod Gerechtigkeit geben und das nicht nur poetisch.

In dieser Nacht träumte er von Venus, mit den Flügeln einer Möwe und einem männlichen Glied. Unerreichbar und im Besitz eines Schwanzes flog Venus am Himmel und kreischte wie eine Möwe: Aaaaaaaaaaaaaa! Aaaaaaaaaaaa! Aaaaaaaaaaaa! Träumend kaute Pingu an Nuckis Hüfte und dachte, er bearbeite den Leuchtturm der Venus. Nucki wachte für einen Augenblick auf, aber bald schnarchte sie wieder so, dass die Grundmauern ihres Häuschens erzitterten.

* * *

Venus kam in der Hauptstadt ihrer Heimat an, ohne der Absicht den Dr. Vater zu besuchen. Und doch wusste sie, dass sie einige Zeit hier verbringen musste. Sie mietete eine Wohnung in Šestine für einen Monat – vermutlich würde das reichen. Sie fühlte sich wie ein Lachs, der instinktiv zu seinen Wurzeln zurückkehrt, ohne Einsicht, vorbei an jedem Strom.

Was hatte sich verändert? Jetzt wusste sie verlässlich, dass dieses Fleckchen Erde für sie ganz falsch war. Hier wurde sie nur deshalb geboren, um ihre eigene Individualität und Kraft zu entwickeln, und das war alles. Mit dieser Erkenntnis fiel jedes übrig gebliebene Schuldgefühl weg, weil sie ihr Leben lang überdurchschnittlich war, auch wegen allem was sie im Ausland erreicht und errungen hatte. Es durfte nicht wahr sein, dass es noch etwas gab was sie hier lernen musste?

Pingu gelang es die Adresse der Venus in Šestine von ihrer Mutter zu erfahren. Er bat Nucki ihn vor ihrer Arbeit dorthin zu fahren und setzte sich einfach der Venus vor die Tür, in Erwartung, dass sie diese persönlich öffnet. Eine gute Annäherung.

Venus lachte zuerst herzlich, aber als sie merkte, dass Pingu ungefährlich war und nicht gekommen war sie zu belästigen, lud sie ihn in das nahe gelegene Kaffee zum Gespräch ein. Lebend kam sie ihm viel schöner vor als auf den Fotos: viel zarter, verwundbarer. Sie war viel kleiner und magerer als er erwartet hatte: ganz weiß, durchsichtig und ohne jeglicher Schminke. Sehr offensichtlich war sie jünger als er – um mindestens fünfzehn, vielleicht auch zwanzig Jahre. Dieser Unterschied verwirrte ihn etwas, aber gleichzeitig war er davon ergriffen. Das erste Mal in seinem Leben fühlte sich Pingu fast wie ein Vater, ein Beschützer. Wenn sein Augenblick schon für immer vergangen war, der Ihre würde erst kommen, und das dank ihm. Er wird ein Kunstwerk für dieses Mädchen filmen. Alles wird ihr angepasst und untergeordnet sein. Alles was Pingu als junger Mann träumte wird Venus verwirklichen – und das durch sein Drehbuch und seinen Film. Er wird sie zur Berlinale führen, dann nach Cannes, dann nach Hollywood. Er wird allen zeigen wie wunderbar sie ist, größer als Marilyn, auch als Marlene und auch als Brigitte. Venus ohne Ende. So wird es sein, weil er sie liebt. Es lohnt sich für so ein Wesen zu leben und zu schaffen. Sie kann ihn zu Gott führen.

Der Venus war Pingu sofort sympathisch. Sie fühlte mit jedem Schauspieler mit, der seine Jugend und Energie im Kultursumpf der Metropole verloren hatte. Sie versuchte sich vorzustellen, wie Pingu in seinen besseren Tagen ausgesehen haben mag, aber es gelang ihr nicht ihn zu rekonstruieren. Der unglückliche Mann war tatsächlich zu früh gealtert. Nur noch seine Augen waren schön – ungewöhnlich groß, dunkel wie zwei Brunnen, mit glänzenden, breiten Pupillen wie bei einem aufgeregten Mädchen.

Im Laufe des Gesprächs spürte Venus was für ein euphorisches Durcheinander sich in seinem Kopf zusammenbraute. Sie bemerkte wie er schwitzte, wie seine Hände zitterten und seine Lippen trocken waren, spürte es wie sich dieser Mensch auf irgendeiner Ebene an sie klammerte, wie Efeu an eine Stange. Obwohl sie gerührt war und mehr als bereit ihm zu helfen, wusste sie, dass sie sich nicht erbarmen durfte: Pingu war ein geborener Schmarotzer, ein Wesen ohne eigene Energiequelle, und ihre ganze Energie brauchte sie selbst.

Als sie aufgestanden war, um aufs WC zu gehen, bemerkte Pingu ihren schönen, athletischen Rücken, die breiten Schultern, den Hintern wie bei einem Jungen. Hätte sie mit ihrem Po nicht so weiblich gewackelt, wäre sie genau das, was Pingu am meisten liebte. Plötzlich änderte sich seine Laune. Ist es möglich, dass sie ihn bewusst mit diesen zwei Baseballbällen, die in der gelben Hose eingeschnürt waren, lockte? Während sie zum Tisch zurückkehrte, warf Pingu auch einen langen Blick auf ihre Schamgegend: ist nicht auch dort etwas das er liebte? Offensichtlich nicht heute: die Hexe hatte erreicht, dass ihr Penis verschwunden war. Oder hat sie ihn vielleicht zu Hause gelassen? Sicher hat sie auch das gemacht, um ihn noch mehr zu reizen.

Jetzt wurde Pingu wirklich böse und ging auf Sie über: - „Fräulein Venus, Sie müssen wissen, wir zwei können uns nur auf dem Platon treffen". - Wenn sie nicht wollte, wolle er auch nicht. Venus machte ein Augenblick große Augen, dann prustete sie los. Sie stand auf, beugte sich über den Tisch und küsste Pingu auf den Mund. Von diesem Verrückten musste man sich tatsächlich nicht fürchten!

Pingu inhalierte den Kuss der Venus wie eine Mund zu Mund Beatmung, wie die Wüste den Regen. Himmel und Erde begannen sich zu drehen. Das ganze Leben begann sich um die Lippen der Venus zu drehen, die die seinen liebkosten. So etwas hatte er nicht mehr empfunden, seit er auf der Bühne den Größten Kroatischen Schauspieler geküsst hatte - und dann begann ein Auto zu tüten, tüten, tüten: wie bei einem Unfall.

Das war Nucki. Sie kam um ihren Mann nach Hause zu fahren.

* * *

Tage und Wochen vergingen und Dr. Vater war noch am Leben.

Venus erwartete den Tod des Vaters ohne Freude oder Jubel: Für sie bedeutete er das Vollbringen der kosmischen Gerechtigkeit. Gottes Gericht erwartet ihn wegen all dem, was er auf der Seele trägt: Die Kindheit der Venus, die frühe Jugend und die Flucht in die örtlich schmutzigste Form der Kariere. All das, was in den normalen Menschen Kraft und Inspiration weckte, war bei der Venus schwarz, verdorben und krank. Sie war ein Wesen ohne eigene Mitte. Der einzige Verbündete, der sie nie enttäuscht hatte, war die Luft. Das Atmen, das Recht auf das Leben. Das gehörte nur ihr, und das konnte ihr nicht einmal der geehrte Dr. zerstören.

Die Nachrichten vom Zustand des Doktors bekam sie von der Mutter. Sie kommunizierte mit ihr ausschließlich auf Entfernung, telefonisch. Es gab kein Bedürfnis zur Innigkeit. Beide wussten die Wahrheit: die Eine lehnte es ab sie zu gestehen und auf jede Andeutung derselben kroch sie unter den Tisch, knurrend mit eingezogenem Schwanz, wie ein unerzogener Hund. Die Andere aber lernte ihre Wut wie Flügel zu benützen. Wenn sie aufhörte wütend zu sein, könnte sie stürzen: Und sie war wirklich hoch geflogen. Venus war noch nicht bereit. Sie konnte nicht loslassen.

In dieser Situation fühlte sie, wie sich ihre alten Narben aufs Neue in Wunden verwandelten. Die Paparazzi lauerten ständig beim Hauseingang auf sie. Alle Tageszeitungen druckten ununterbrochen Fotos der Venus in Begleitung nebulöser Kommentare. Ihre Bekannten aus der Vergangenheit waren ihr wegen dem Medieninteresse, das sie verursacht hatte, und auch wegen ihrer Karriere im Ausland neidig. Hochmütig und gleichzeitig erpicht auf das Material für Klatsch, umrundeten sie Venus wie die Katze den heißen Brei, einen schwachen Punkt bei ihr suchend und jedes Lob vermeidend. Karriere im Ausland, das heißt nichts! Das kann jeder! Echtes Schauspiel ist nur das in der Heimat, in der Muttersprache (Natürlich, könnten sie in irgendeiner Fremdsprache nicht einmal blöken.) Wenn man nur des Urlaubs wegen in die Heimat zurückgekommen war, so war das für die heimischen Loser ein Zeichen der lang erwarteten Niederlage: Endlich hatte sich gezeigt, dass man genau so schlecht, dumm und unfähig war wie sie alle. Eine gute Seite dieses Phänomens ist, dass Venus sicher nicht länger in ihrer Heimat bleiben würde als sie musste. Sie war kein Filip Latinowitz. Kroatien ist eine riesige Totengruft, die offen gähnt: alles erwartet ihren Vater. Alles Hässliche wird mit dem Dr. verschwinden: eingegraben, eingemauert, mit Kalk angestrichen. - Gott, warum stirbt er nicht?

Die verrückte Mutter hatte jetzt das Bedürfnis an der Schulter von jemandem zu weinen: Sie rief Venus zu allen möglichen Zeiten an, auch wenn es nicht nötig war. Am liebsten störte sie diese nach Mitternacht. Sie lehnte es beständig ab ihre Tochter so zu sehen, wie sie alle anderen sahen. Venus musste auch weiter für sie dasselbe arme machtlose und vereinsamte Kind bleiben, welches sie vor langer Zeit nicht vor ihrem Gatten beschützen wollte. Damals dachte sie, die Kleine verdiene das Unglück, weil ihr Dr. Gatte lieber sie vögelte, als seine gesetzesmäßig Angetraute. Unter dem passiven Schweigen brodelte der tiefste Neid einer Frau. Die Mutter der Venus wurde mit der Zeit weder klüger noch besser. Trotz der Tatsache, dass sie jeden Sonntag eine Puppe mit dem Antlitz ihrer Tochter verbrannte, dachte sie, sie habe irgendein Recht auf Venus. Das Telefon klingelte bis zu zweihundertfünfzig Mal, so lange bis die Alte nicht aufgab. Venus war ruhig aber hart.

Pingu träumte ununterbrochen denselben Traum von der Venus: Er ist ein einsamer Prinz auf der Suche nach seiner Angebeteten. Alle seine vergangenen „Unerreichbaren" stehen Spalier in der „Habt Acht" Stellung. Prinz Pingu guckt jeder ins Höschen: nur die, die einen Schwanz besitzt kann seine Prinzessin werden. Die Reihe ist lang und Prinz Pingu wird immer älter, müder... Seine Schwanz-Dame ist nirgends zu finden. Aber schau: Irgendwo fast am Ende der Reihe hebt sich bei jemandem eine elefantengroße Erektion empor. Das ist sie, Venus!

Ganz glücklich hebt Prinz Pingu vom roten Samtkissen die Königskrone hoch. Er kniet vor der Venus nieder und setzt ihr die Krone auf das übergroße Ding.

Doch, so viel ihm die echte Liebe im Traum erreichbar schien, genauso viel fürchtete er sie in Wirklichkeit. War Venus tatsächlich die Einzige, Echte und „beschwanzte", oder war sie nur die Letzte in der Reihe seiner Enttäuschungen? Wie könnte er sie überreden, dass sie vor ihm ihr Höschen auszog? Wie kann ein Pinguin so etwas von einer Königin verlangen? Er wird sehr, sehr schlau sein müssen.

Er entschied auch eine Nacktszene in sein Drehbuch einzubauen. Niemand außer ihm würde wissen, dass diese Szene in der Endversion des Films nicht dabei sein wird. So wird er endgültig erfahren, ob Venus wirklich seine Phallusgöttin ist. Wenn nicht, schmeißt er sie aus dem Film hinaus. Bestimmt! Es geschieht ihr recht, wenn sie ihn auf den Irrweg und sündige Gedanken brachte. Aber, wenn sie die Richtige ist, wird er Nucki verlassen und sich der Venus an den Hals hängen, bis der Tod sie scheidet.

Da ergab sich aber ein Problem ganz objektiver Art: Pingu erwähnte nicht einmal vor der Venus, dass er mit ihr einen Film drehen wollte, noch zeigte er ihr irgendein Drehbuch. In

117

seinem Kopf spielte sich so Vieles ab, dass er nicht mehr wusste was tatsächlich zwischen ihnen geschehen war. Bei ihrer einzigen Begegnung sprachen sie über alles, nur nicht über ihre Zusammenarbeit, doch Pingu war sicher, dass sie ihn telepathisch versteht, ohne ein einziges Wort. Warum spürte er dann, dass das Leben wieder eine Niederlage für ihn bereithielt.

III

Diesmal hatte nicht Mutter angerufen, sondern der Leiter der Abteilung in der Dr. Vater lag. Es war kein Fehlalarm. Venus duschte, kämmte sich und zog die Kleidung an, in welcher sie sich am meisten beschützt fühlte. Sie stieg ins Auto und fuhr ins Krankenhaus „Heiliger Geist". Gerade in diesem Krankenhaus war Venus zur Welt gekommen. – Erscheint nicht alles auf irgendeine Weise gerecht?

Die Onkologieabteilung roch nach alten Menschen, nach Linoleum, Unpersönlichem, Hoffnungslosigkeit... Dr. Vater hatte einen riesigen Tumor im Magen, der sich in den letzten sechs Monaten rapid vergrößert hatte, so als hätte er eine Bombe geschluckt. So wie der Krebs wuchs ließen seine Vitalorgane eines nach dem anderen nach: jetzt wurde sein Organismus von den Apparaten am Leben erhalten. Trotzdem, Dr. Vater war luzid und die meiste Zeit bei Bewusstsein. Der Primararzt führte sie durch den Gang bis vor die Zimmertüre vom Dr.

Er meinte, er würde in seinem Büro am anderen Ende des Ganges sein. Die Krankenschwestern und der Diensthabende Arzt befanden sich gleich gegenüber im Bereitschaftszimmer neben dem Monitor, der die Arbeit des Herzens vom Dr. aufzeichnete, sollte man etwas brauchen. Venus wollte einen Beweis sehen, dass der Dr. ein Herz hat. Tatsächlich, da war die Aufzeichnung; eine Linie, die regelmäßig stieg und fiel, allerdings langsam und es piepste dabei: - „...Pip...Pip...Pip..." - Das Herz ist ein relativer Begriff. Der Mensch genauso.

Venus betrat das Zimmer. Dr. Vater ähnelte einem Raben, der auf dem Rücken lag: Ein großer grauer Haken, die Wölbung des Bauches unter der Decke, ungewöhnlich kurze Beinchen, eigenartig platte Fußsohlen mit langen Zehennägeln, die Krallen ähneln. Sein Haar war noch immer kohlrabenschwarz. Schlief er? - Er atmete leise, aber mit Mühe.

Venus brachte weiße Blumen: Schneerosen. Sie konnte sie nicht aus den Händen geben. So stand sie vor dem Bett des Sterbenden, schwarz wie ein weiblicher Hamlet und drückte ihr Blumensträußchen fest. Dieses war doch mehr für sie als für ihn.

Ich wollte nicht deine Braut sein, aber deinetwegen kann ich niemandes Braut werden. Das Einzige was ich wahrlich im Leben wollte war, einmal zu sagen: Papa, Papi...
Wenigstens in den Träumen wollte ich wissen, dass du es bist. Aber du hast mir nicht einmal zu

träumen erlaubt. Also, ich wünsche dir eine gute Reise in den Hades. Ich sehe deinen Sarg, wie er allein entlang dem Acheront steuert und am Ende vom Horizont fällt, mit dem Wasserfall in den schwarzen Abgrund... Die Blumen kann ich dir nicht geben, weil du ihnen etwas Hässliches antun wirst, doch sie haben sich bei dir durch nichts schuldig gemacht. Die Welt braucht Schönheit und ich werde sie verteidigen solange ich es kann. Jetzt kommt der Augenblick in dem ich dir sagen sollte: Ich liebe dich und verzeihe dir; aber das ist nicht wahr... Ich kann dir nur fest versprechen, dass ich um meinen Frieden kämpfen werde. Es ist lächerlich, zornig zu sein auf jemanden wie du es bist. Noch lächerlicher ist es, zornig zu sein auf diejenigen, die dir ähnlich sind und die sich in meinem Leben wie Schaben vermehren. Nie mehr werde ich meinen Kopf mit der Frage zerbrechen warum manche Menschen boshaft sind. Es ist einfach, ihr seid so. Ihr verschwindet sobald euer Opfer begreift, dass es unschuldig ist

Die Augenlider vom Dr. hoben sich langsam. Venus dachte an das automatische Garagentor in Šestine, das mit Fernbedienung arbeitet... Nicht ein einziges Zwinkern. Ein Auge starte gerade auf sie, wie eine Kamera. Er hatte sie gesehen... Venus zog unwillkürlich die Schultern hoch. Der starre Blick des gelbbraunen Auges war eisig, ohne jegliches Gefühl. Es fröstelte sie, aber sie wendete den Blick nicht ab. Das tat sie als kleines Mädchen.

Nein, es gibt nichts mehr weswegen ich mich schämen sollte. Im Gegenteil. Ich kann stolz sein. Es gibt kein Weglaufen.

In der Ferne hörte man das regelmäßige Piepsen des Monitors aus dem Kontrollzimmer.

Das Auge war noch immer hier, auch die Venus. Und dann hörte sie eine leise, aber klare Stimme: -

„Du hast es dir gemerkt, das über uns." –

Eine Frage? Eine Behauptung? Ein Versuch des letzten Schlages? Oder war es nur die Bilanz des großartigen Lebenswerks? - Das Piepsen vom Monitor ging in einen Dauerton über „Piiiiiiiiiiiii…" - Die Schwestern und der Arzt stürzten ins Zimmer. Das Auge war noch immer hartnäckig. Mit seinem eisigen Blick nagelte es Venus noch immer fest, aber sie lachte jetzt wie noch nie zuvor. Laut, sorglos, fröhlich. Dieser Blick war der Kern dessen womit sie dieser Greis je verletzen konnte. Die simple Nichtliebe. Nun, jetzt ist alles vorbei. Der Tod ist gestorben.

Der Primararzt lud Venus zu einem Kaffee in die Kantine ein. Als er ihr Lachen hörte, dachte er, sie sei hysterisch. Sie war zu bekannt, um ihr eine Injektion zu geben (und zu schön, dachte er scheu bei sich). Sie saßen also beim Cappuccino ohne ein einziges Wort. Der Primararzt dachte, er müsse Mitgefühl zeigen und Venus war von der Erleichterung müde. Sie bat ihn, die traurige Nachricht ihrer Mutter zu übermitteln, die zu Hause mit ihren drei Pfaffen quacksalberte. Sie, Venus, war im Augenblick nicht im Stande das zu tun. Beim

Krankenhausausgang kam sie in einen Menschenauflauf. Man trug gerade jemanden aus dem Rettungswagen, der fürchterlich kreischte. Es schien, als würde derjenige einen Vogel nachahmen. Eine Möwe?

* * *

Pingu litt unter den üblichen Symptomen der großen Verliebtheit. Er aß nicht, schlief nicht, dachte an nichts anderes. Er wartete bis Nucki zur Arbeit ging, dann begann er zu wichsen und zu träumen, träumte, und wichste... Pingu sah jetzt aus wie ein Fall männlicher Anorexie; dazu fing auch sein defekter Fuß zu schmerzen an. Er schluckte schmerzstillende Mittel zum Frühstück, Mittagessen und zum Abendessen. Nachdem er dazu fast nichts aß, plagte ihn bald sein Magen genauso wie der Fuß. Er musste sich immer langsamer bewegen, immer hässlicher hinken. In jungen Jahren konnte er die Aufmerksamkeit von seinem Hinken ablenken: Er hatte lange, kräftige Arme und hastige Bewegungen und nach Bedarf eine starke Stimme. Jetzt aber, zog hinter ihm immer eine Traube Rotzbuben, die ihm Gesichter schnitten, Beleidigungen zuriefen und ihn mit Abfällen bewarfen: Pingu lebte nicht in einem feinen Stadtteil. Deshalb vermied er es aus dem Haus zu gehen, wenn ihn Nucki nicht mit dem Auto fahren konnte. Er traute sich nicht einmal mehr bis zum Kaufmann. Menschen spüren die Schwäche.

In dieser Phase erschien ihm Venus als Fliegende. Sie kreiste oberhalb seines Häuschens, glänzend weiß, wie ein Erzengel. Ihre starken Flügel spiegelten das Sonnenlicht und das rote Haar flatterte hinter ihr wie eine Wolke. Wie könnte er der Venus sagen, dass er sie liebt? Pingu kann nicht einmal gehen, geschweige denn fliegen. Dieser Gedanke schmerzte ihn so stark, dass er eine Hand voll Tabletten schluckte. Sein Magen brannte, aber Pingu kümmerte das nicht: Eine neue Vision legte sich wie ein üppiger Vorhang auf seine Augen. Noch ein wenig Venus.

Pingu wird fliegen lernen. Er wird der Venus zeigen, dass er ihrer Liebe würdig ist. Er fing sofort an: Alle großen und kleinen Kissen im Haus zerriss er und schüttelte die Federn, auf einen Haufen mitten im Wohnzimmer, aus. Dann zog er sich aus und beschmierte sich vom Kopf bis Fuß mit einer dicken Schicht Honig, Jam, Marmelade, Nutella… Der Kühlschrank war bei ihnen voll mit allerlei Aufstrichen, da Nucki jeden Abend für ihn Pfannkuchen machte. So beschmiert, wälzte sich Pingu im Federnhaufen und wurde bald ganz weiß, gefiedert, wie ein Vogelmensch. Dann nahm er die Leiter, stieg auf den Dachboden und kam durch den Schornstein auf das Dach.

Etwas rußig, doch schöner denn jäh, breitete Pingu die Arme aus: Er hatte eine gottgegebene Koordinierung der Bewegungen und fiel nicht hinunter, trotz des schwachen Beines und der Wirkung der Tabletten. Mit den

Armen wedelte er durch die Luft und rief nach der Venus: - „Aaaaaaaaaa! - Aaaaaaaaaaaa! - Aaaaaaaaaaa!" -

Bald sammelte sich eine Menschenmenge. In Kürze rief jemand die Polizei und anschließend die Rettung. Pingu war blind und taub für alles, außer für sein eigenes Kreischen: Sie wird ihn hören. Wenn sie ihn sieht, wird sie sich verlieben... Eigentlich wollte er sich den Pflegern gar nicht entreißen, obwohl er in einem Radius von zwei Metern furchtbar mit den Händen wedelte. Man musste ihm die Hände zusammenbinden. Er hörte nicht auf zu krähen. Hartnäckig schrie er auch, während man ihm die Zwangsjacke anzog und ihn auf eine Tragbahre legte. Er schrie auch während der Fahrt, bis man ihn nicht vor den Eingang des Krankenhauses „Heiliger Geist" brachte... Ganz verschwitzt und strahlend hörte er da plötzlich auf: Es gelang ihm sie herbei zu rufen! Venus stand wie versteinert im Ausgang und blickte zu ihm.

* * *

Die Psychiatrie befand sich im Kellergeschoß. Auf den Fenstern der Gänge, der Warteräume und wahrscheinlich auch der Ordinationen befanden sich Gitter...Wenn einer herkommt der nicht ganz verrückt ist, müsste er hier durchdrehen. Pingu bekam eine große Beruhigungsinjektion, obwohl er beim Anblick der Venus ganz ruhig geworden war. Und doch, noch eine Zeitlang, würde man ihm die Zwangsjacke nicht abnehmen und die gebundenen Arme lösen. Bei den Verrückten weiß man nie! Pingu lag jetzt da, mit einem Lächeln im Gesicht und weit aufgerissenen Augen, aus welchen Tränen flossen. Seine Brust erzitterte vom leisen Schluchzen.

Venus ging mit ihm den Gang entlang bis zum Einzelzimmer. Sie bat die Pfleger um einen Augenblick mit Pingu allein sein zu dürfen. (Wenn man auf der Titelseite von der Zeitschrift „Gloria" abgebildet war, konnte man manchmal Berge versetzen). Die Krankenpfleger willigten ein, sich vor die Türe zurück zu ziehen. - Jetzt kam Venus ganz nahe zu ihm. Er brauchte ihre Schneerosen. Mit den weißen Blüten streichelte sie seine tränennasse Wange und legte das Sträußchen auf seine Brust. Oberhalb des Bettes war ein Fenster. Die Sonne drang durch die Gitter und verwandelte die Haare der Venus in ein Feuer. Er wird sie nie vergessen: ihren Duft, das milchweiße Gesicht, das blutrote Haar wie eine Krone, wie Flügeln, wie ein Umhang. Sie hat ihn auf die Hände gehoben und in den Himmel getragen, wo er endlich sein tränennasses Gesicht auf ihren Federbusen drücken konnte... Es ist gleich, ob das die Wahrheit ist oder nicht. Er ist schon erwachsen. Wenn er lügt, darf ihn niemand mehr bestrafen. Wenn er lügt, das bedeutet nur, er träumt...

Beim Weggehen stieß Venus fast mit Nucki zusammen, die eilig von der Arbeit kam und noch lauter kreischte als Pingu. Lautstark bat sie, man möge ihr ihren Mann zurückgeben. Wer wage es Nucki ihren eigenen Pingu wegzunehmen, den sie so schwer errungen und erhalten hatte? Dieses liebe Frauchen konnte nicht einmal für einen Augenblick ihre Lebenslast weglegen.

Dank dem Kampf von Nucki, wurde Pingu schon nach drei Monaten aus dem Krankenhaus auf lebenslange häusliche Pflege entlassen. Er wird Medikamente gegen Halluzinationen nehmen müssen und sich einmal wöchentlich beim Psychiater melden. Sein Haar war jetzt ganz weiß. Er hinkte so, dass er zum Gehen einen Stock brauchte. Aber das Drehbuch, das er verfilmen musste, ersetzte ihm die ganze Kraft und die Jugend. Und tatsächlich, die Geschichte von Pater Jere, Pater Zane und Schwester Gloria fand bald einen Produzenten. Der Film entstand fast von selbst. Die drei Schauspieler strotzten von jugendlicher Energie. Schwester Gloria wurde von dem fatalsten kroatischen Schaugespiele seit dem siebten Jahrhundert dargestellt: einer vierzigjährigen Walküre mit dicken Oberarmen, zusammengewachsenen Augenbrauen und kräftigem, balkanesischem Haar, das blond gefärbt war. Pater Jere war wirklich anziehend, bis sein Schweiß nicht das Toupet von seinem Schädel wegschwemmte und Pater Zane war der liebste Schüler von Gavella noch vor dem Zweiten Weltkrieg. Um die Wahrheit zu sagen, Pingu hatte kein Casting gemacht. Das erledigte

Nucki. Nicht deshalb, weil sie etwas von Schauspiel verstehen würde oder weil sie das interessierte; aber Pingu schlief unter dem Einfluss seiner Medikamente bis drei Uhr nachmittags und Nucki konnte es nicht erlauben, dass man glaubte, ihr Mann sei ein unfähiger alter Furz. Der Film verlangte von einem enorm viel Energie volle vier und zwanzig Stunden hindurch. Doch, mit so etablierten Schauspielern konnte man keinen Fehler machen. Im Gegenteil, sie sind bei der älteren Generation Garantie für den Erfolg. Und die Jungen? Die sehen sowieso nur amerikanische Filme und surfen im Internet. Sie sind auch arbeitslos und haben kein Geld für Eintrittskarten.

Ort des Geschehens war eine kleine Klippe mit einem großen, roten Leuchtturm. Für Pingu war diese Symbolik so bedeutend, dass er entschied, den ganzen Film von der Küste aus aufzunehmen, aus fünfzehn Metern Entfernung: als ob er ein Fußballspiel aufnehmen würde.

Pingu stand am Ufer knapp beim Wasser, mit seinem großen Stock, wie Moses. Immer wenn er den Stock hob begann die Aufnahme. Wenn er diesen senkte, hörte die Aufnahme auf. Als Kind wünschte Pingu sehr ein Verkehrspolizist zu werden: Ein Regisseur zu sein machte scheinbar keinen Unterschied. Die Schauspieler am Set entschieden, die Szenen zu spielen ohne Rücksicht darauf, ob sie jemand filmte oder nicht. Aus der Entfernung von 15 Metern war es nicht möglich die Regieanweisungen zu befolgen, die sowieso

127

nicht vorhanden waren. Im Übrigen, für einen guten Film ist eine starke Persönlichkeit des Regisseurs wichtig. Die Schauspieler sind, das immer austauschbare Dekor. Alles Unlogische kann man mit Montage und späterer Synchronisierung lösen. So war es auch. Der Altar brach bald unter dem Gewicht der Hauptdarstellerin zusammen; ihr Kreischen klang mehr nach Seehund als nach Möwe und Pater Zane hatte so kleine Händchen im Vergleich zu ihrem dicken Hals, dass die Szene des Würgens durch ein Opernheulen und Pantomime für Taubstumme dargestellt wurde. Jede schauspielerische Unglaubwürdigkeit entschied Pingu mit Filmmusik zu überdecken. Diese versprach ihm Siniša Vučo persönlich zu komponieren. Je größer der Bauer, desto größere Kartoffel. Je verrückter der Verrückte, desto größer der Künstler.

Die Kartoffel von Pingu war in der Frist von einigen Monaten beendet und an alle Festivals im Inn- und Ausland ordentlich verschickt. Es gab keine Nachricht von den westeuropäischen Jurys, aber dafür erlebte er in der Heimat noch nie gesehene Ovationen. Pingu bekam im Ganzen fünfzehn Preise für die beste Regie und ungefähr zwanzig Nominierungen für das beste Drehbuch. Diese ingeniöse Kunstkreation bedeutete eine echte Revolution in der heimischen Regie. Warum sollte ein Film Kopf und Fuß haben? Warum sollte der Zuschauer verstehen um was es hier geht? Man soll ihn lassen, damit er selbst rätselt und ihm plötzlich aus dem Hinterhalt einen tückischen Schlag durch ein unlogisches Ende geben. Mit dem Zuschauer muss man grob und ohne Achtung umgehen. Dann wird er Komplexe bekommen und denken, dass ein genialer Regisseur am Werk war.

Diese Taktik gefiel allen kroatischen Regisseuren sehr. Pingu wurde ihr König. Veljko Sod – Pinguin war nicht mehr „der verrückte Pingu" und auch nicht ein Schreckgespenst seiner Nachbarn. Endlich verloren sein blöder Name und der noch doofere Spitzname ihre Bedeutung als Synonym für einen hinkenden Taugenichts. Aber das wichtigste war, dass er jetzt jeden Abend auf das Dach steigen und eine Möwe spielen konnte. Die Nachbarn sagten: - „Das ist unser großer Regisseur, Veljko Sod – Pinguin: so arbeitet er an sich, bereitet einen neuen Film vor". - Niemandem kam der Gedanke, die Polizei oder das Irrenhaus anzurufen. Mit der Zeit wurde ihnen das Kreischen von Pinguin genauso normal, wie das Geschrei der Katzen im Februar. Und was kann man da tun?

Pingu sah Venus in der Ferne, wie sie nur für ihn flimmerte:

Alle Zeitungen der Welt lügen.
Du konntest nirgendwo hingehen – alle glauben
dich irgendwo gesehen zu haben;
In irgendeinem Piefke-Film, in irgendeiner
Hollywood-Koproduktion,

und da ist ein Bericht auf fünf Seiten... Aber,
diese Frau hat keine Flügel – das bist nicht du.
Eine einfache Fotomontage.
Mach dir nichts daraus: Ich kenne die Wahrheit.

Ihretwegen begann Pingu Vögel, Schmetterlinge, Fliegen und alles was Flügel hatte zu lieben und jeden Morgen fütterte er die Tauben. Abends erzählte er ihr vom vergangenen Tag: – „Aaaaaaaaaaaa! - Aaaaaaaaaaaa! - Aaaaaaaaaaaaa!" - Und sie verstand alles und liebte ihn absolut. Gegen Morgen verließ sie ihn immer, aber Pingu wusste es genau:
Sie bewegte sich nicht.
Es bewegte sich nur der Raum,
der sie beide streichelte,
der sie umschloss
und der sie trennte.

Kleine, ich sagte es dir: Wir haben uns doch auf
dem Platon gefunden.
Bis ich nicht vom Dach falle – oder du vom
Himmel.
Wir sehen uns heute Abend.

MEMENTO

Ich bemerkte sie in der Akademie. Ein
ausdruckvolles Filmgesicht, alles regelmäßig,
ein ideales Sechseck und doch nicht puppenhaft.
Allerdings, störte mich etwas an ihr. Nie würde
ich ihr eine Rolle geben! Vielleicht deshalb,
weil sie so blass war? Oder, kam sie mir etwas
zu zart vor, zu jung?

Tatsächlich, man könnte immer einen
Grund finden sie zu disqualifizieren, zu
umgehen. Sie strahlte das aus. Sie war die
verkörperte Unsicherheit, traute sich niemanden
grüßen, ständig blickte sie zu Boden. Aber wenn
sie jemand ansprechen würde; einmal war ich
wirklich in der Situation, es tun zu müssen; war
sie so verlegen, überhöflich, ein totaler Loser.

Wir starben vor Lachen über ihren Namen: Venus! Möchte gerne! - Verstehst du, die Kleine war wirklich schön, aber irgendwie – wie ansteckend. Als ob sie Lepra hätte. So erschien sie uns allen.

Was für eine Schauspielerin ist Venus? Ich sah sie bei einem Vorsprechen. Sie war schon „celebrity". Das war nachdem wir alle, ihre Brüste und ihren Hintern in zehn verschiedenen Revuen gesehen hatten. Sie war angeblich schon ins Ausland gegangen, und alles auf so eine Art... Zum Vorsprechen kam sie für die Rolle einer Nonne. Es war eine klitzekleine Rolle. Man verlangte von der Schauspielerin nur, dass sie den Hauptdarsteller, einen mehrfachen Vergewaltiger, der im Irrenhaus saß, bloß ansieht und einige Repliken spricht. Nun, der Film war viel versprechend, weil ihn Kanada mitproduzierte. Der Regisseur war unser südöstlicher Nachbar, jung, aber mit großer Reputation. Man sollte in Englisch schauspielern. Alle Schauspielerinnen hatten etwas gebrabbelt. Sie lernten drei Sätze auswendig wie Papageien und schlugen den Text mit schwerem slawischem Akzent. Meine Ohren taten weh. Ich war wegen dem Postdiplom in Harvard. Außerdem schickten mich die Eltern, als Kind, ständig auf Sommerkurse nach England. Die schlechte Aussprache nervt mich. Keine konnte richtig Englisch.

Und dann kam auch unser Star zum Vorsprechen. Ich bitte dich, angezogen hatte sie sich wie eine Nonne. Ein schmales, schwarzes, hochgeschlossenes Kleid mit einem weißen Pelz um den Hals und um die Ärmel, die Haare glatt zurückgekämmt, ohne jegliche Schminke. Und gerade damit hob sie ihre eigenartigen Augen und den sehr sexy Mund hervor. Bis heute weiß ich nicht, wer sie überhaupt zum Vorsprechen eingeladen hatte? Die Techniker fingen sofort zu grinsen an: - „Ein Mund wie eine Möse!" - Sie muss es gehört haben, bewahrte aber Haltung. Schauspielerinnen sind allerhand gewohnt. Es ist auch besser für sie. Ohne jemanden anzusehen, ging sie gerade auf den Regisseur zu, reichte ihm die Hand und sagte nur: - „Venus." - Der Regisseur lächelte und sagte, dass dieser Name in Mazedonien und Albanien oft vorkommt. Auch sie lächelte - Gott, es bildete sich ein Fluidum! Der Regisseur lehnte sich im Stuhl zurück und warf den Kopf in den Nacken; fragte sie, wie würde sie, „Venus", den Namen sprach er wie einen seltenen Leckerbissen aus, die Rolle der geistlichen Schwester spielen?

Hinter dem Rücken des Regisseurs krümmten sich der Tonmeister und der Kameramann vor Lachen und zeigten mir von der anderen Zimmerseite die legendäre „Playboy" - Nummer, wo Venus nackt, nur in ihr orangefarbiges Haar gekleidet, über zwei Seiten da lag. - Scheiße! Alle Männer wichsten vor den Fotos von Venus, aber das hielt sie nicht davon zurück der Kleinen später Steine vor die Füße zu werfen, wo immer sie es konnten – im Gegenteil! In diesem Augenblick tat mir das

Mädchen leid. Sie war tapfer, indem sie hier überhaupt erschienen war. Sie hatte ein Recht auf ihren Versuch.

Venus sagte: - „ Ich bin sein Engel. Ich helfe diesem Menschen, der nie in seinem Leben die eigene innere Stimme gehört hat... Ich bin seine Stimme." -

Totenstille. Was ist das? Ein Poesieabend? Ist die Frau durchgedreht?

- „Ich sehe alles Böse was er getan hat und ich kümmere mich nicht darum. Weder verurteile ich ihn, noch tut er mir leid. In ihm sehe ich den göttlichen Funken, dessen er sich nicht bewusst ist. So sehe ich ihn, wie Gott ihn sieht. Er fühlt sich mit mir wohl, weil ich keine Angst vor ihm habe... Ich bin der Glaube. Wo Glaube ist, dort gibt es keine Angst. Und ich bin die erste Frau in seinem Leben, die er nicht mit Angst manipulieren kann. Ich bin unendlich stark. Meine Kraft weckt Hoffnung in ihm, etwas Leuchtendes, wie ein Funken Vernunft bei einem Tier. Deshalb liebt er mich."

Der Regisseur schwieg einige Augenblicke gesenkten Hauptes. Die erotische Spannung war verschwunden. Es passiert nicht gerade jeden Tag, dass ein Schauspieler dem Regisseur - noch dazu einem bekannten - seine Rolle erklärt. Schon gar nicht auf eine solche, sagen wir, originelle Art. In der Branche wird das als die größte Frechheit gewertet. Ein

135

Schauspieler hat nicht zu denken, sondern zu spielen. Und wenn er dabei durchdreht oder Probleme macht, kann man augenblicklich zwanzig andere von der gleichen Art finden, die kuschen. Schauspieler sind wie Nägel.

Wenn Venus tatsächlich im Ausland spielte, wie man überall erzählte, musste sie die Spielregeln sehr gut kennen. Was für eine Konkurrenz gibt es erst im Ausland! Also entweder provozierte sie absichtlich, oder sie war verrückt, oder sie war blöd, oder alles zusammen. Umso schlimmer für sie.

Seltsamerweise verlor der Regisseur nicht die Nerven. Er hob den Kopf, lächelte wieder und fragte betont fröhlich: - „ Und... Was meinst du, „Ve-nus"... Ob sie mit ihm schlafen könnte? ...Ob sie das wünscht?... Und... Hast du deine Szene überhaupt gelesen? Dort steht es schön geschrieben, dass sie sich scheut, dem Gitter näher zu treten... Und du sagst mir, dass du keine Angst von ihm hast?" -

Venus: - „ Natürlich, es existiert auf instinktiver Ebene eine Reflexangst, wie ein Tick. Ich weiß nicht ob sie mich verstehen. Wenn sie sich jetzt plötzlich bücken und unter meinen Rock blicken, werde ich genauso plötzlich die Beine zusammenziehen. Das ist es." -

Der Regisseur warf in diesem Augenblick einen so primären, männlichen und unprofessionellen Blick in Richtung

Zwischenbeingegend der Venus, dass wir alle etwas verlegen wurden, aber das Mädchen war wie in Trance. Während sie überlegte was sie weiter sagen würde, überkreuzte sie die Beine: sehr hoch, doch sehr fest. Sie hatte schwarze Wollstrümpfe von der gröbsten Sorte an, aber auf ihren Beinen glänzten sie eigenartig seidig. Sie fuhr fort, ohne bemerkt zu haben, dass sie schon verloren hatte:

„Es besteht keine Notwendigkeit für ein Verhältnis. Einen Engel liebt man anders. Ich bin die Schwester von Mutter Theresa und habe meinen Weg bewusst gewählt. Mir war es klar, auf was ich verzichte. Ich denke, dass ich doch etwas mehr bin als irgendeine Landnonne, die ihre Eltern mit Gewalt ins Kloster gesteckt haben. Ich weiß nicht ob sie mich verstehen. Ich möchte eine Person spielen, die entschieden hat geistlich zu sein. Er liebt sie DESHALB, *weil* sie STARK ist."

Der Regisseur war, während Venus noch sprach, aufgestanden. Er reichte ihr die Hand, dabei schweifte sein Blick indirekt im Zimmer umher. „Ja, ja... Wir melden uns bei ihnen... Vielen Dank."

Auch der Amerikaner, die männliche Hauptrolle, der kein Wort verstanden hatte, war aufgestanden. Er dachte, dass er auch mit dieser Partnerin eine Probeaufnahme haben würde. Ach, ja. Auch das waren wir ihr noch schuldig. Der Kameramann richtete lässig seine Kamera auf Venus. Die Arme, erst jetzt begriff sie was wir alle über sie dachten. Guten Morgen! Alle Schauspieler sind irgendwie butterweich, billig. Ha, ha, ha, ha, ha, ha! - Derweil muss man zugeben, dass die Enttäuschung dem Blick der Venus eine eigenartige Meerestiefe gegeben hatte, eine zeitgenössische Nuance von Greta Garbo; etwas wie die Tapferkeit des Kapitäns, der mit seinem Schiff untergeht. Wow! Der Kameramann bekam sichtbar eine Gänsehaut.

Der Amerikaner: „Come closer."
Die Nonne: „I can`t..."

Und das hat sie wirklich gedacht. So war sie tatsächlich. Fünf magische Minuten. Mann!!! - Ich kann nicht sagen, ob diese Göre wirklich schauspielern konnte oder nur sich selbst spielte, aber das war unsere beste Probeaufnahme. Sie war phänomenal. Genial! Und noch etwas: tatsächlich sprach sie perfekt Englisch. Sie konnte in dieser Sprache denken. Ich kenne mich da aus. Harvard war für mich nicht umsonst. Ich kann es allen aus erster Hand sagen: Venus konnte in der Tat Englisch!
Wer aber bekam die Rolle? Dieselbe, die in den vergangenen zwanzig Jahren immer Nonnen spielte. Im Nachhinein würden sie diese synchronisieren. So ist es mit den Schauspielern! - Weißt du was? In Wahrheit hasse ich Schauspieler. Ha, ha, ha, ha, ha!

* * *

138

Ach, siehst du meine Liebe: schwer lebt man heute. Ich bin schon zehn Jahre arbeitslos. Das, was ich mit Initiationen und Anwendungen verdiene, das ist für mich alles. Mein Franjo unterrichtet Turnen in der Grundschule, doch er verdient sehr wenig und die Kinder muss man anziehen und ernähren... So rief mich eines Tages meine Nena an. Sie sagte: - „Beti, ich habe dir jemanden für Reiki gefunden." - Gott sei´s gedankt! Meinte ich. Wir waren gerade pleite, ohne einen einzigen Groschen, fünfzehn Tage bis zu Franjos Gehalt! Aber der Frühling kommt, ich muss den Kindern und mir Tennisschuhe kaufen und noch etliches. So brachte mir meine Nena diese „Venus", nicht wahr. Noch nichts habe ich über sie gelesen. Ich habe kein Geld für all die teueren Zeitungen. Wenn Franjo ein „Abendblatt" und „Morgenblatt" mitbringt, nein auch dann lese ich es nicht. Ich schäle darauf Kartoffeln und alles Andere.

Also, Nena brachte mir diese allbekannte Venus mit. Bei mir saß gerade der kleine Damir, Sohn meiner Vlasta, der jetzt Handball in Italien spielt. Er kam kurz zu mir wegen Bioenergie. Er sagte mir: - „Tante Beti, schon drei Monate habe ich nicht gevögelt!" - Und gerade in diesem Augenblick trat Venus herein. Damir blieb so sitzen wie er war: mit offenem Mund. Ich weiß es, so hat man auch mich angeguckt als ich jung war. Ich war auch gut, wie man es so sagt, nicht wahr. Männer in der Straßenbahn tätschelten mir den Hintern, mindestens zehn

Mal am Tag. Und ich wog fünf und vierzig Kilo, eine Wespentaille bis vor kurzem. Die Hormonstörung kam und ich nahm dreißig Kilo zu, die Kopfhaare fielen aus und im Gesicht wuchsen mir Haare. Doch ich esse nichts, den ganzen Tag!

Aber diese Venus, nicht wahr, schien mir viel jünger. Achtzehn würde ich sie schätzen! So klein, mager, hatte weder Busen noch Po und Hüften wie ein Bübchen. Wie wird diese Kinder gebären, dachte ich! Ihre Haare wie bei der Fee Ravijojla, feuerrot und hüftlang. Auch ich hatte solche Haare, nur färbte ich sie nicht. Oh, nein! Ich war immer bescheiden.

Was mir der liebe Gott gegeben hatte, musste reichen. So bin ich auch geblieben, Gott sei Dank. Diese Kleine ist ebenso dünn, sage ich dir, wie die heutigen Anorexiemädchen. Meine Snježana und Suzana sind drei Mal breiter als sie, dabei sind sie noch junge Mädels! Die Kleine schweigt nur und sieht sich um… Den kleinen Damir musste ich mit Gewalt hinauswerfen, ha, ha! Später fragte er mich aus, woher ich so ein wundervolles Mädchen kenne und so weiter. Noch heute fragt er nach ihr.

So setzten wir drei uns zum Kaffee. Die Kleine sagt nur „ja" und „nein". Mit schüchternen Klienten habe ich eine besondere Methode. Man muss mit ihnen grob sein. Dann knacke ich sie und sie tun alles was man ihnen sagt. Und letztendlich verdient man an ihnen drei Mal mehr, als an den Selbstsicheren. Mehr Anwendungen! Ach, meine Liebe, keiner von den Meinen ist selbstsicher, sonst wären sie nicht bei mir, ha, ha! Und so sagte ich ihr alles geradeaus ins Gesicht: Sie sei zu rationell, zu gescheit. Das sei ihr Hauptproblem. So muss man mit diesen Gebildeten, nicht wahr. Wie ich sehe, eine echte Frau ist sie nicht: so sieht sie auch nicht aus. Dann sagte ich ihr: - „Du bist anscheinend eine gespaltene Persönlichkeit. Ich spüre in dir eine riesige Angst und eine Menge Lügen. Als wärest du mehr ein Mann als eine Frau." - Bin ich nicht teuflisch? Deine Beti hat „Feeling"! Tatsächlich ist sie mehr wie ein Mann, wenn sie Karriere machen will!

So sagte ich ihr: - „Das wird für uns beide sehr schwer sein. Ehrlich, ich meine es wäre besser, wenn du zu jemandem Anderen gehst." - Schick sie zu jemand Anderen und sie bleiben – garantiert. Bin ich nicht teuflisch?

Die Kleine begann darauf bitterlich zu weinen. Damals wusste ich noch nicht, dass sie Schauspielerin ist. Sie sagte: - „Ich bitte sie, Frau Beti, schicken sie mich nicht weg. Es ist mir wirklich schwer. Ich kann nicht mehr... Zu einer Therapie kann ich nicht gehen, weil meine Eltern alle Ärzte in der Stadt kennen, oder die Ärzte kennen sie... Und wenn ich die Wahrheit sage, wird man mich einsperren... Man wird sagen, dass ich lüge, dass ich verrückt bin. Sie stecken mich irgendwo hinein wo mich niemand mehr finden wird. Außerdem, die Zeitungen schreiben allerhand über mich... Alle würden es kaum erwarten. Ich bitte sie, ich bitte sie!... Ich möchte nicht, dass die ganze Stadt meine Probleme erfährt. Ich bitte sie, helfen sie mir!" -

Sie wurde ganz rot vom Weinen und fing an zu husten, so aus der Lunge. Eigentlich tat sie mir leid. „Na gut, ich werde mit dir arbeiten", sagte ich und erhöhte entsprechend den Preis, um 50 Prozent! Meine Nena hob nur die Augenbrauen. Vielleicht konnte sie es bis jetzt nicht glauben, wie geschickt ich mit den Klienten bin. Ach, ach meine Liebe: deine Beti kann nicht nur Marmelade kochen! Obwohl, mir zu Ehren, es gibt keine bessere Marmelade, als die Meine. Das sagen alle. Willst du einen Tiegel? Willst du es??? Weichselmarmelade!

Du brauchst mir nicht zu sagen, ob ich es hätte tun sollen oder nicht. Jeder Klient sucht sich seinen Reiki Meister selbst aus. Nichts ist da zufällig. Die Kleine hat mich ausgesucht. Sie bekam das, was sie wollte. Ist es nicht so??? Sie wusste sogar schon etwas über Reiki. Die ersten zwei Initiationen bekam sie von irgendeinem Dr. Baltazar. Stell dir das vor, dieser Dr. organisiert Seminare und verlangt 700 DM pro Person, und für die zweite Stufe kassiert er 1200 DM! So ein mieses Arschloch! Kannst du dir das vorstellen. 1200-mal dreißig! Meine Liebe, so könnte ich es auch, ich bin um nichts schlechter, aber ich habe keine Nerven für so etwas. Du kennst mich, wenn ich böse bin! Und sein Reiki erscheint feiner, besser als meines, nicht wahr? Scheißkerl! Die Kleine erzählte mir, wie er sich an sie heranmachte. Nach dem Seminar lud er sie zu „Konsultationen" ein, so nannte er das. Er werde ihr ein Horoskop erstellen. Die Kleine sagte, der Mann sei hellseherisch. Er wusste alles was ihr in der Vergangenheit passiert war, aber über die Zukunft wollte er nicht sprechen. Nur eines sagte er ihr: alles Unglück in ihrem Leben geschehe, weil sie jeder Mann begehre und alle Frauen ihr neidig seien. Deswegen wäre sie ihr ganzes Leben mutterseelenallein. Und dann zog dieser Dr. Baltazar seinen Pantoffel aus und stellte seinen bloßen Fuß knapp zu ihrer Hüfte und blickte sie fickrig an, ein frustrierter Mistkerl! Siehst du, und solche verdienen mit Reiki eine Stange Geld! Diese Arschlöcher sollen sich…!

Aber weißt du was: die Kleine reizte die Männer tatsächlich! Ich habe sie beobachtet. Sie wedelte regelrecht mit dem Hintern, wedelte wie eine kleine Hündin beim Laufen! Ich sah, wie sie die Männer mit ihren Autos abholten, und zwar ältere und auch Jungs. Manchmal hatte ich zwei, drei Autos vor meinem Haus. Alle warteten geduldig, dass die Kleine fertig wird! Und sie warf dann eine Münze, um zu sehen, wer sie nach Hause fahren würde. Sie kicherte natürlich dabei. Doch meine Töchter sahen das alles und bewunderten sie.

Später sagten sie dann zu mir: - „Mama, nur damit du es weißt, auch ich werde eines Tages genauso mit den Jungs umgehen wie Venus!" - Die kleine Hure taugte ihnen super! Ich wusste es sofort: sie war zu hübsch, um unberührt zu sein. So war ich nie. Ich wollte nur alles wie es sein soll: Haus, Ehemann, Kinder, Gesundheit.

Schauspielerin!

Binnen zwei Wochen gab ich ihr die Initiation, auch die Dritte für den Meister. Und stell dir vor: Ich sah lauter Engel um sie, dann die Mutter Gottes und Jesus! Das alles projizierte die Kleine aus sich heraus. Der echte Jesus würde nicht zu so einer kommen, nicht wahr, und dazu noch Engel mitbringen, ha, ha! –

Manchmal projizieren Menschen ihre Wünsche in ihre Umgebung. Nur ich bin nicht irgendjemand. Beti kannst du nicht täuschen. Gewiss, ich sagte keine Silbe darüber was ich gesehen hatte. Die Kleine machte es nicht bewusst. Aber ich sagte ihr, sie solle auf jeden Fall nach Međugorje gehen, dort werde sie die Mutter Gottes sehen.

Auch Karten hatte ich für sie aufgeschlagen. Die fünf Symbole zeichnete ich ihr zum Schutz auf. Aber, das sind nicht diese gewöhnlichen Reiki-Symbole! Die Meinigen sind besondere! Diese schickte mir der liebe Gott durch Visionen, und ich habe das Recht sie mit Reiki nur demjenigen zu geben, dem ich sie geben will. So gab ich sie der Kleinen. Dann sag mir bloß, ich hätte mir keine Mühe gegeben! Auch ihre Karten waren ausgezeichnet. Das Glück lächelte ihr entgegen! Es kam heraus, dass der liebe Gott ihr einen Regisseur schicken wird. Mit ihm wird sie zu irgendwelchen Aufnahmen verreisen und sie wird schwanger: entweder mit dem Regisseur oder mit einem

Kollegen. Auch viel Geld wird sie verdienen. Und das Alles unter dem Auge Gottes!

Weißt du was mir die Kleine Freche aus Wien mitgeteilt hat? Ich ficke ihr ihren Jesus, den Bock! Sie sagte mir: - „Tante Beti, ihr Regisseur meldete sich tatsächlich bei mir, aber erstens: Sein Drehbuch war debil. Und zweitens: Der Typ ist alt, hässlich, er hinkt und im Kopf ist er krank. Eine Tunte hätte mein Partner sein sollen. Und die alle zusammen können nicht einmal für ein Honorar Geld aufbringen! So ist es! Keine Zusammenarbeit, kein Geld und natürlich auch kein Baby! Trotzdem, danke für Reiki." -

Darauf wurde ich sehr böse und sagte ihr gerade ins Gesicht: - „So, siehst du! Bei dir hat sich das alles verdreht, weil du dich dem Willen Gottes widersetzt! Du bist selbst schuld, weil du alles abweist, was für dich das Beste ist!" - Und ich legte den Hörer auf. So!

Klug ist diese Venus, klug und schlau und eine ausgezeichnete Schauspielerin. Ein geborenes Talent! Sie nützt das aus was sie braucht und wirft weg was sie nicht braucht. Und was das Schlimmste ist: meiner Snježana und Suzana gefiel sie sehr. Sie würde auch weiter mit meinen Mädchen Freundschaft pflegen, hätte ich sie nicht aus dem Haus hinausgeworfen... Eines Tages kam sie zu mir in einem Mercedes vorgefahren. Es fuhr sie ein Freier, hübsch, jung: sie toll hergerichtet, stelzte mit den Absätzen und wiegte den Hintern... Sie brachte mir, dem Anschein nach, irgendwelche

Blumen und fragte nach meinen Mädchen. Ihnen brachte sie Geschenke aus Wien: der Einen das Parfum „Chanel No 5" und der Anderen eine Schminkpalette. Darauf rastete ich aus. Ich jagte sie durch das Stiegenhaus bis zu ihrem Mercedes hinaus. Ach, wie sie lief, wie ein Hühnchen! Geweint hat sie auch. Aber ich bin nicht von gestern, schon gar nicht jetzt, wo ich sie kenne. Nicht mit mir du Schauspielerin! Du Schlaue! Welche Mutter würde es erlauben, dass ihr so ein Weib die Kinder verdirbt?

Was war mit den Geschenken? Die Blumen schmiss ich ihr auf den Kopf, während ich sie die Treppe hinunter jagte. Große, rote Rosen, wie für Huren. Aber das Parfum und die Schminke behielt ich. Es wäre eine Sünde, so etwas weg zu werfen. Meine Mädchen sind sowieso noch zu jung.

* * *

UND DASS ES MIR HILFT.
NICHT VON DER SEHNSUCHT MICH ZU BEFREIEN, SONDERN VOM BEDÜRFNIS DAS DIESE WECKT.
VOM WUNSCH ZU STERBEN WEIL UNGELIEBT

Da, das hatte sie geschrieben, im Buch der „Sonetten" von Shakespeare, offensichtlich während des Kollegiums der Bühnensprache. Es fehlt ein Stück von der Seite, so ist es nicht möglich zu kapieren, wen unsere Geniale um Hilfe bat. Ständig kritzelte sie etwas - wenn sie nicht lautlos in den eigenen Bart murmelte und beim Fenster hinaus sah. Im ersten Studienjahr nannten wir sie Steinkauz. Im zweiten Jahr verbreiteten Freunde von irgendjemandem - die sie natürlich während des Unterrichts nicht sahen - dass Steinkauz die beste Möse auf der Uni sei. Darauf nannten wir sie Lady Macbeth. So ungefähr: „Vielleicht bist du auch fatal, aber wir mögen dich doch nicht". - Jetzt müssen wir sie zur Strafe in allen Zeitungen sehen während wir frühstücken.

O.K. Venus, du hast gesiegt – wir ergeben uns, aber noch immer lieben wir dich nicht. Ha, ha! - Doch man muss ihr gestehen, sie hat uns gut auf den Arm genommen. Vier Jahre gaukelte sie uns vor, dass sie sauber sei und ein wenig stumm – der ferne Blick in die Leere gerichtet, immer schwieg sie, kritzelte Gedichtchen in die Bücher – und dann, plötzlich nahm sie einen Anlauf nach Deutschland… Gut, nach Österreich, derselbe Scheiß, und dann auch nach Hollywood. Und zum Schluss sind wir die Schnepfchen und sie ein Schwan.

Wie komme ich zu ihrem „Sonetten" Buch? Als ob sie das nicht wüssten? - Und warum wären sie sonst hier? - Warum würden sie mir ein Bier spendieren? –

Venus und ich waren einige Zeit zusammen, könnte man sagen. Es fing damit an, dass sie wie gewöhnlich, jemand nach dem Unterricht angegriffen hatte. Das taten sie

147

immer mit Beleidigungen oder physisch. Es sind nicht gerade alle Schauspieler aus guten Familien, so wie ich. Manche greifen einem auch auf den Po! Vor allem den Mädchen, die ihnen auf den ersten Blick eingebildet vorkommen, so wie sie. - Gut, auf den ersten Blick kam sie einem sogar schön vor. - Und da sprang ich ein: selber weiß ich nicht warum. Vielleicht weil auch ich das Klassische Gymnasium absolviert habe, so wie sie. Vielleicht deshalb, weil meine Alte ihren Alten sehr, sehr gut kannte. - Vielleicht ist Venus sogar meine Schwester? Nachdem ich mein Mütterchen kenne, würde mich das nicht besonders wundern... Oder tat ich es einfach, weil ich es konnte. Auf jeden Fall, ich, Prinz des Schauspiels, Sohn und Erbe der Größten Kroatischen Schauspielerin, habe ich eines Tages den kleinen Steinkauz beschützt. Die Tochter des Weinens und des Erbrechens. Ha, ha, ha! – Sorry. Streichen sie das. –

Ich fuhr mit ihr auf meiner neuen Kawasaki nach Hause. Seit diesem Tag war sie, in den Augen aller Kollegen, die Meine. Das schmeichelte mir nicht gerade, weil Venus in dieser Zeit als Verrückte galt, die niemand vögeln würde. Um ehrlich zu sein, es schmeichelt mir auch heute nicht.

Vor einigen Tagen kam ein Typ um mich kennen zu lernen, ein gewisser Tvrtko, der sagte, dass er in der Mittelschule mit der Venus zusammen gewesen wäre, aber ohne jegliche Liebe – er schlug sie nur. Purer Sadismus! Er sagte auch, dass er sie während des Unterrichts schlug; Professoren taten, als hätten sie nichts gesehen und die Klassengemeinschaft war auf seiner Seite... Verstehen sie? Der Irre erzählte mir das ganz stolz und nannte mich „Kollege"! Ich sagte diesem Typen, er sei verrückt und solle mir aus dem Weg gehen. Aber er bestand darauf mein Bier zu bezahlen und schrieb mir noch auf der Schachtel vom Ronhill seine Handy Nummer auf. Beim Abschied tätschelte er meinen Popo. "Kollege"? Gott behüte! Es gibt auch größere Perlen. Neulich prahlte im Theater „Gavella" irgendein Loser, wie er Venus zwischen den Brüsten gevögelt hätte: im Fernsehen lief gerade der Vorspann von ihrem neuen Film. Er sagte, dass er ihre Brüste mit beiden Händen gepackt hätte, wie zwei Fußballbälle, und fuff, fuff, fuff... bis er über ihr Gesicht spritzte. Sie hätte, natürlich, die ganze Zeit gestöhnt: - „Oh. Marac...oh. Marac... oh. ja, oh ja..." - Ich sagte: - „ Alter, du lügst, dass sich die Balken biegen. Erstens hattest du nichts in deinen Händen, denn wenn Venus liegt hat sie so große Brüste wie ich. Und Zweitens, wenn ihr es alle unbedingt wissen wollt, die Frau ist frigide wie ein Baumstumpf und nach jedem Fick geht sie kotzen." - Darauf zogen mich alle in der Gesellschaft auf, ich sei eifersüchtig und beschütze sie. Herr Venus: So nennt mich jetzt die breitere Öffentlichkeit. Und niemand wollte mir glauben. Doch ich habe die Wahrheit gesagt.

Sie fragen warum ich ihr keinen Tritt gab, weil sie frigide war? - Bis zu dem

Zeitpunkt hatte ich allerhand in meinem Bett. Aber noch nie hatte ich jemanden, der so verletzt war, aber nicht sagen konnte was mit ihm los ist, oder es nicht zu sagen vermochte... Sie hätten sie hören sollen wie sie weinte. Ich wollte, dass sie gesund wird... Als Kind fand ich einmal eine Taube mit einem gebrochenen Flügel. Den ganzen Tag trug ich sie unter meiner Jacke und spürte wie ihr kleines Herz pochte... Ich glaube, ich hing an niemandem so sehr. - Zu Hause hat der damalige Ficker meiner Mutter der Taube den Hals umgedreht und kochte aus ihr Jägergulasch, aber das ist jetzt nicht von Bedeutung. - Venus war wie diese Taube: jemand, den sie nicht allein lassen dürfen. Sofort würde sie irgendwer packen. Sie war eine ideale Zielscheibe. Sie zog alles an. Vielleicht rettete sie sich mit dieser Karriere oder auch nicht. Vielleicht machte sie aus ihrer Zerbrechlichkeit einen Panzer. Wer kann das wissen?

Sie haben keine Ahnung wie sie die Menschen störte. Sie war unwahrscheinlich verhasst. Und wissen sie warum? Ihre Individualität, ihr Stil, nur das. Die Professoren sagten: „Venus ist außerordentlich", als ob sie sagen würden: „Venus stinkt". Freunde übten auf mich Druck aus. Ob ich mich nicht schämte mit so einem Sonderling zu gehen? Merkte ich denn nicht, dass sie mein Ansehen schmälert? Sie habe mich doch nicht mit perversen Sexualtechniken verhext? Vielleicht glauben sie deswegen heute dem Mythos, dass Venus eine gute Fickerin sei. – Tatsächlich, ich schäme mich ein wenig es zuzugeben, aber bald verzichteten wir auf Sex. Trotzdem, in ihrer Anwesenheit bemerkte ich andere Mädchen nicht. War ich nicht ein echter Tölpel? Für mich war es schön mit ihr, so wie sie war.

Aus erster Hand weiß ich wie ihr Ruhm begonnen hatte. Ich war dabei. Hollywood kam zu uns, um einen billigen Film zu drehen und Episoden um je hundert Dollar zu sammeln. Der Film hätte etwa wie „Mad Max" werden sollen, nur in der B-Produktion, mit der amerikanischen Gespielin und einem Machostar aus irgendeiner Seifenoper in den Hauptrollen. Die Amis hatten das Vorsprechen organisiert zu dem die einheimischen Agenten das ganze kroatische Theater eingeladen haben. Man nahm selbstverständlich an, dass alle perfekt Englisch konnten, aber da waren die meisten von uns nicht selbstkritisch genug: Das ist doch nur eine B-Produktion. Einerlei, es kamen auch Violeta Ninic, und Afrodita Gajic und die junge Begonya und sogar Karma Pizza. –
Wir waren alle überrascht, als wir Venus sahen. Wer hatte sie eingeladen? Was wollte der Steinkauz unter uns? – Die Journalisten lügen, dass der Venus in Wien die Rosen blühen und sie soll nach Zagreb hergetrottet kommen, zu einem Vorsprechen für Episoden? Super! - Wundern sie sich nicht dass ich lache. Tatsächlich war es komisch! Und vielleicht auch

151

ein wenig traurig. Für sie! Wir alle waren nur gekommen, um unsere Repliken vorzulesen - keiner von uns hatte sie richtig verstanden, geschweige denn auswendig gelernt. Angezogen waren wir total leger – wir würden uns nicht für irgendwelche Amis der Z–Kategorie herrichten.

Einzig unser Venuslein gab sich Mühe: Ein komplettes Make-up, ihre Frisur wie Jessica Rabbit, dann ein schwarzes sexy Kleid fürs Neujahrsfest... Als man ihren Namen aufrief, kam sie herein, mit ihrem Hintern wedelnd und mit den Absätzen klappernd, wie mit Kastagnetten. Als ob niemand von uns existieren würde. Sie war zum Fressen süß, aber so elend, dass ich mich sogar fragte was ich jemals in ihr gesehen hatte... Ein örtlicher Laufbursche erzählte uns später, wie sich ihr Vorsprechen abgespielt hatte: Venuslein leierte ihre fünf Repliken in einem perfekten Englisch herunter, durch ihre perfekte Betonung zauberte sie die Rolle herbei, war perfekt schön und süß - Auweia! Der Kameramann war nicht im Raum und der Regisseur machte sich nicht einmal die Mühe den „Achter" einzuschalten. Nur wir, die am Vormittag bestellt wurden, waren aufgenommen worden: Die vom Nachmittag waren Überschuss. Die Arme!

Kurz darauf machte sich die Nachricht breit, dass Venus die Frauenhauptrolle gekapert hatte. Natürlich glaubten wir es nicht, bis die Aufnahmen begonnen hatten. Und tatsächlich, Venus war da. Dem amerikanischen Publikum ganz unbekannt: Ein anonymes Mädchen in der

Hauptrolle - was für ein Risiko! Wie war das möglich? Ganz einfach: Die amerikanische Gespielin verlangte eine Erhöhung des sowieso riesigen Honorars. Der Regisseur hatte keine Zeit: Er musste für sie einen Ersatz finden. Der Live-Auftritt von Venus gefiel ihm und wahrscheinlich auch die Tatsache, dass sie die Erniedrigung geschluckt hatte, als sie sah, dass im Raum keine Kamera gewesen war. Der Man dachte: Why not? Das Mädchen ist hübsch, es liegt ihm viel an der Rolle, spricht super Englisch und wird für Nägel arbeiten. Er ist auch deshalb hergekommen, um solche Schauspieler zu finden. Und jetzt sehen sie sich Venus an: Königin der B-Filme! Unser Aschenputtel hat die Nase hoch erhoben – das war das Erste was sie tat.

Wenn man sie fragte wie sie begonnen hatte, sagte sie: „Ich bin vom Arsch der Welt gekommen". Und nichts Anderes! Ausländer lieben das. Venus hat keine Eltern, keine Lehrer, sie hat niemanden. Nicht einmal einen Familiennamen hat sie. Sie wurde so aus sich geboren und sie ist unvermeidlich. Wir müssen sie überall sehen. Sie vergewaltigt die Menschen durch alle Sinne.

Ob ich neidisch bin? Wie könnte ich ihr neidisch sein? Sehen sie sich nur ihr Image an. Jede Frau auf der Straße sieht besser aus. Medien schreiben ständig wie schön sie ist, dann aber veröffentlichen sie ein Foto, auf dem sie wie ein Transvestit aussieht. Natürlich machen sie das absichtlich. Sie unterhalten sich. Sie machen auch weiter einen Clown und einen Dödel aus ihr, wie vorher. In diesem Gesicht lebt nicht jenes Herz, welches in ihrer Brust wie ein kleiner Kolibri flattert.- So oft lauschte ich ihm, dass ich geglaubt habe diese Frau zu kennen. Verstehen sie das? Wenn ich ihr Foto sehe, geht sie mir nicht ab, weil sie sich nicht ähnelt! Gott sei Dank, wenigstens wurde ihr Körper verschont. Ich garantiere, dass alles authentisch ist: Wie eine kleine Geige auf langen Beinen. Mmhm! Wenn ich nur daran denke, dass sich dieselbe Frau vor mir nicht gerne auszog... Das war ein echter Zirkus. Immer musste ich mich zur Wand drehen, die Augen zumachen, aus dem Zimmer gehen – und dann ging mir das Ganze auf den Keks. Nichts konnte mit ihr einfach sein.

Ich sah sie nicht: Weder im Kino, noch auf der DVD und schon gar nicht in Wien in „ihrem" Theater. - Erstens, es interessiert mich nicht und zweitens habe ich weder Geld noch Nerven, um sie für Kultur weg zu werfen. Ha, ha, ha! - Was? Glauben sie, dass es uns gefällt ein Haufen Loser zu sein? Mit unsicherer Altersvorsorge, und Chancen für eine Karriere, die immer hinter den Regenbogen flüchten? Wenn wir uns vollkübeln, wird uns leichter. Wir sind auch etwas zu alt dafür, aber das macht nichts. Dann vergessen wir auch unsere Bäuchlein und dass wir von der Rente unserer Eltern leben. - Und auch, dass wir immer

weniger Haare haben. Scheiß darauf! - So ist es
eben.

* * *

Etwas an ihr erinnerte mich an Mahatma
Ghandi. Es klingt doof, nicht wahr? Aber es ist
die Wahrheit. Sie hatte dieselbe Beharrlichkeit:
Heiter, aber unnachgiebig.

Sie war süß, lieb, anmutig und
unbeugsam. In ihrer Haut wäre es mir nicht
leicht - schon überhaupt jetzt, wo sie da ist, wo
sie ist. Die ganze Zeit, seit ich sie kenne, frage
ich mich was Venus tatsächlich fühlt? Was
versteckt sich hinter diesen glänzenden, in die
Ferne gerichteten Augen? Wenn sie jemanden
ansieht, hat man das Gefühl, sie blicke einen an
und gleichzeitig durch ihn hindurch. Sie hat die
Gabe etwas anderes zu sehen: das, was die
Anderen nicht sehen können. Deshalb hat sie es
wahrscheinlich auch schwerer im Leben.

In einem der Interviews sagte sie: „ Auch
der höchste Berg auf der Welt hat einen Gipfel.
Nur, manche Menschen stehen am Fuß des
Berges und sagen: Ach wie weit ist der Gipfel
entfernt, und die Anderen steigen einfach
hoch… Ich weiß nicht, weder wo mein Gipfel
ist, noch mein Ende. Aber, solange ich lebe,
werde ich aufsteigen. Ich kann einfach nicht
anders." - So war sie. In ihrer Seele lebten
gleichzeitig ein Kind und ein Prophet. Obwohl

es Venus am Anfang unendlich viel daran lag sich als Schauspielerin zu etablieren, gab es in ihrem Leben noch etwas Größeres und Wichtigeres. Als ob sie ein Geheimnis hätte, das ihr Kraft gab.

Zuerst bekam sie eine winzige Rolle mit einer Replik: sie, die englisch besser konnte als alle anderen. Aber die Anderen waren Töchter der lokalen Produzenten, durch Verbindungen ihrer Papis im Sicheren. Jeder aus dieser Herde gaben wir einen Spitznamen: natürlich unter uns. Warum sollten wir nicht ein wenig Spaß haben? Ihr Spiel war wie auf einem Dorffest, das Englisch war mit ihrem Provinzakzent, einem Mangel an Gehör und Allgemeinbildung belastet. Um ehrlich zu sagen fühlten wir uns alle schlecht, aber den Film sollte man möglichst billig machen: wenn man auch die Provinzprimitiven erdulden musste, denen 200 Dollar das große Geld bedeutete. Das Vorsprechen dauerte vier Tage. Es erschien das ganze Provinztheater. Nach dem ersten Tag filmten wir sie nicht mehr: es war schade um den guten Filmstreifen.

Venus kam als eine der Letzten: unsere Geduld war schon fast am Ende. Mit dem tadellosen Englisch und ihrem tadellosen Äußeren konnte sie gar nichts erkämpfen. Örtliche Organisatoren reservierten schon vor dem Casting die Rollen für ihre Töchter, Nichten und Geliebten. Alle Schauspielerinnen, die auf dem regulären Weg gekommen waren,

waren Grünzeug, Statisten. Venus war offensichtlich das hiesige Aschenputtel. Ich wurde als ihr Partner eingeteilt, damit sie nicht gerade mit der Luft spielen musste. (Sogar die symbolischen Casting`s müssen irgendeine Form haben.) So ist es überall. Sofort bemerkte ich, dass sie einen Mantel über ihren Arm hielt, der mit echtem Pelz besetzt war. Ich bin strenger Vegetarier und glaube, dass jedes Leben heilig ist. Kann es auch nicht ausstehen, wenn sich jemand mit dem Pelz getöteter Tiere schmückt. Ich dachte: - „ Du Primitive. Was schert mich dein Talent und dein gutes Englisch" - Venus las meine Gedanken. Nachdem wir die Szene zu Ende gespielt hatten, kam sie auf mich zu und sagte: - „ Der Pelz schützt mich. Mit ihm bin ich stärker und weniger allein. Der Geist dieses Tieres ist mit mir und beschützt mich. O.K?"

Natürlich wurde ich an Ort und Stelle verlegen, bekam Angst und wurde wegen einer solchen Direktheit etwas zornig. Aber, sobald ich allein geblieben war, fing ich an über sie nachzudenken. Ich stellte mir eine Reihe Fragen auf ihre Erklärung. Ich begann mit ihr zu sprechen und sie ging mir nicht mehr aus dem Kopf.

Sie hatte nur zwei Tage um uns zu erobern und das tat sie auch. Die erste Schlacht gewann sie in der Garderobe, als ihr irgendein grimmiges, hiesiges Hilfsweib Fetzen brachte, die um drei Nummern zu groß waren und unsere Jennifer aus diesem Grund einen Nervenzusammenbruch bekam. Darauf bot ihr

Venus an, ihre eigene Kleidung mitzubringen – und das war's. Unsere Jenny entschied, dass Venus das schönste Mädchen im Film sein sollte und alle ihre Gehilfen mussten daran arbeiten. Am meisten arbeitete Venus selbst. Sie wusste, dass ihre Rolle vom Aussehen abhing: so gab sie sich redliche Mühe. Sie brachte Jennifer ungefähr zehn Vorschläge für ihr Kostüm und dann kreierten sie zusammen etwas Schräges. Unsere Jenny hat sehr schwache Nerven und eine böse Zunge. So waren wir alle erstaunt, wie sie Venus aus der Hand fraß. Aber, obwohl sie freundlich und nach allen Regeln der Kunst kommunikativ war, hatte Venus einen geschlossenen Kreis um sich, wie der Ring des Saturns. Man konnte sich ihr auf privater Ebene nicht nähern. Es gab keine Chance sie auf einen Kaffee einzuladen, geschweige denn, ihr eine private Frage zu stellen, nicht einmal das Harmloseste in der Art: „Welches Sternbild bist du?" Sofort wurde sie verlegen und blickte zu Boden…Schade, dachten wir. Von einer ausgesprochen schönen Schauspielerin erwartet man keine Schüchternheit. Egal, wir mussten zugeben, dass Venus als einzige in der Rollenverteilung ein gewisses Etwas hatte. Sie stand ganz ruhig da, die Augen halb geschlossen und strahlte einfach. Wir alle waren wie betäubt: der erste Assistent, der zweite Assistent, Jennifer und erst unser männlicher Star.

Zufällig traf er sie am Gang vor der Garderobe und kam so offensichtlich verwirrt zum Schminken – Mann, auch unser neuer Brad

Pitt? Und gerade diese Eine und Einzige mit Charisma hatte nur einen Satz. Was soll man tun?

Die Szene in der Venus mitwirkte wurde in einem Steinbruch oberhalb des Meeres gefilmt. Die Klippe war ungefähr zwanzig Meter hoch und unten am Meer entlang der Küste, haben Techniker fast zehn Liter Erdöl vergossen und angezündet. Das war eine Action-Szene in der der Hauptdarsteller durch brennendes Erdöl schwimmt. Dieser bestand darauf alle gefährlichen Szenen selbst und ohne Stuntman darzustellen. Und dann passierte das Unglück. Statt den Fall von der Klippe nur anzudeuten, rutschte er aus und fiel tatsächlich in die Tiefe – gerade ins Feuer. Alles spielte sich vor unseren Augen in einer Blitzgeschwindigkeit ab. Venus riss einen Teil ihres Kostüms von sich und sprang ihm nach. Beide verschwanden im Feuer. -Es vergingen zwei - drei Minuten. - Wir dachten, dass wir sie nie mehr sehen werden. Aber dann zeigte jemand nach rechts auf die Küste: zwei Gestalten im Glanz des Feuers auf dem Felsenrand. War das möglich?
Es verging einige Zeit bis die Rettungsmannschaft es schaffte zu ihnen hinunter zu steigen. Venus war es inzwischen gelungen den Kollegen mit künstlicher Beatmung zu reanimieren. Beide standen unter Schock, aber waren sonst gänzlich unverletzt. Jay Katz, der Regisseur, unterbrach die Aufnahmen für diesen Tag. Er lud mich, den

Hauptkameramann, den Drehbuchautor und den ersten Assistenten zu einer dringenden Konferenz ein. Was für ein Geschöpf versteckt sich unter uns? Was für ein Wesen ist imstande, ins Feuer zu springen um dem Kollegen das Leben zu retten? Und wie ist es möglich, dass beide am Leben geblieben sind? Ist Venus möglicherweise eine Gestalt aus dem All?

Wie dem auch sei, Jay Katz hatte in seinem Film eine Heldin. Das musste man ausnützen. Der Drehbuchautor musste aus der winzigen Rolle von Venus eine Hauptrolle machen. Von nun an wird sie in allen wichtigen Szenen anwesend sein und das glamourös. Als wir ihn vorsichtig darauf aufmerksam machten, dass ihn die Hauptdarstellerin bei Gericht verklagen werde, knurrte uns Jay Katz an, er scheiße darauf. Die Spesen werden sowieso von der Produktion bezahlt und die ganze negative Publicity kann uns als Reklame dienen.

Der Drehbuchautor musste also ins Hotel fahren und sich in die Arbeit stürzen. Mir wurde aufgetragen, Venus in den de-luxe Anhänger für Stars zu übersiedeln, einen neuen Vertrag für sie vorzubereiten, Jennifer anzuweisen neue Kostüme und Make-up zusammenzustellen, und ab heute sollte ich der persönliche Assistent der „Ms Venera" sein. Oder doch besser, „Ms Venus"? Auch darüber musste man nachdenken.

Venus war erstaunt, als sie sah wie viel Geld man ihr anbot. So eine große Summe konnte sie sich offensichtlich nicht einmal vorstellen! Sie gab zu, schon immer von diesem Augenblick geträumt zu haben, aber sie konnte sich doch nicht ausmalen, dass dieser Traum erfüllbar wäre. Aber nach der anfänglichen Befangenheit, sobald wir sie mit den amtlichen Dingen konfrontiert hatten, zeigte sie sich als ein erstaunlich nüchterner Vermittler. Damals hatte sie noch keinen Agenten und keinen Manager. Kein Freund oder Begleiter stand ihr bei als sie den Vertrag unterschrieb. Das Geschöpf, das imstande war kopfüber ins Feuer zu springen, war ganz allein.

Jay Katz war wegen seiner neuen Entdeckung außer sich. Von seinem Agenten verlangte er, dass er persönlich Venus übernahm. Er wird aus ihr die Garbo des 21. Jahrhunderts machen. - „VENUS" oder „VENERA", es ist gleich: sowohl das Eine wie das Andere klingt blendend! Die wunderschöne Außerirdische stellt ihre Kraft und ihr Charisma in den Dienst von Onkel Sam! Jay Katz hörte im Gedanken das Geld rollen, sich drehen, wenden, schön klingeln und rauschen: Er wird mehr verdienen als Las Vegas. - Wenn ich nur denke, dass derselbe Mann es nicht der Mühe wert fand, die Kamera einzuschalten als Venus zum Vorsprechen kam... und das war vor zwei Wochen, nicht wahr?

So vernünftig sie während der Arbeit am Set und bei den amtlichen Formalitäten war, zog sich unser Alien noch mehr in sich zurück, nachdem sich ihr Schicksaal geändert hatte. Aber das macht nichts: ich war ja da! Als ihr persönlicher Assistent musste ich sie auf die Amerikareise vorbereiten. Wir fuhren nach Mailand um eine Armani Kollektion zu besorgen: für Versace war sie einstweilen nicht vollbusig genug, aber Jay Katz entschied, auch daran zu arbeiten. Wir organisierten ihr einen Kosmetiker und Reflexologen: sie verlangte auch einen Yogalehrer dazu. Wir redeten sehr viel über unser gemeinsames Projekt, VENERA. Den Blick in die Ferne gerichtet erzählte sie mir, dass sie zuerst mehr Kies verdienen möchte, als sie jemals verbrauchen könnte. Dann wolle sie aus der Öffentlichkeit verschwinden und Gutes tun: denen helfen, die es nötig haben. Sie will sowieso nicht mehr Schauspielerin sein. Sie hat genug. Alle diese Jahre waren Jahre der Illusion. Seit dem Sprung ins Feuer ist sie schlauer geworden... Ein perlendes Lachen... Wenn sie so viel Geld habe, werde sie nichts mehr müssen; nicht einmal einen Agenten engagieren: ein persönlicher Assistent schien ihr genug. „Wenn du allein bist kannst du besser abschätzen was unecht ist, was zu wenig ist. Du bist voll im Einklang mit deinen Bedürfnissen. Ich fürchte, dass ihr Amerikaner das nicht versteht, aber ihr werdet mich so annehmen müssen wie ich bin. Eigentlich, was bleibt euch anderes übrig?" Und da lachte sie wieder: silbern, kindlich, rein. Ich dachte: „Warte nur, du goldener Vogel, bis dich der fünfjährige Vertrag nicht in Hollywoods Hühnerstall steckt. Wer du auch bist, dort erwartet dich der Reigen schneller Ehen, des Kokains und geistiger

Seancen beim Deepak Chopra, genau wie alle anderen."

Aber „Die Frau, Die Keine Angst Vor Dem Feuer Hat" weinte schon damals oft. Immer wenn sie glaubte, niemanden in der Nähe zu haben. Wenn ich sie beim Weinen erwischte, lief sie ins WC oder Badezimmer. Nun, ich war sowieso damit beauftragt, die meisten Menschen um sie herum zu filtern und so kamen die Informationen darüber wie viel Venus weinte nicht in die Öffentlichkeit: auch nicht bis zu Jay Katz.

Außerdem hatte ich sowieso alle Hände voll zu tun. Ich musste mich von einem dicken Affen befreien, der für die Bezahlung der Statisten zuständig war, und auf einmal anfing zu behaupten, er wäre Venus' Agent. Venus bestätigte mir, sie hätte über ihn vom Vorsprechen erfahren, aber ab diesem Punkt hörte jede Wahrheit auf. Der angebliche Agent hatte ihr ursprüngliches Honorar von zweihundert Dollar auf hundert halbiert: den Rest hatte er, natürlich, in die eigene Tasche gesteckt, und er hoffte noch, dass sich Venus bei ihm „bedanken" würde (sie wissen was ich meine), weil er sie zum Vorsprechen eingeladen hatte. Unsere Heldin zählte in der eigenen Heimat weniger als die einfachste Hure. Jetzt ist sie die unsrige... Noch etwas vertraute mir Venus an. Während der Dauer der Aufnahmen kam ständig eine kleine, buckelige, alte Frau mit schwarz gefärbtem Haar ins Hotel. Sie fragte nach Venus und hinterließ bei der Rezeption

Plastiktüten mit Obst und Gebäck für sie. Meine Aufgabe war es, diese Frau von Venus fern zu halten. Ihretwegen musste ich Venus ein neues Handy kaufen und alle Rezeptionisten mussten die Anrufe für sie zuerst zu mir leiten.

Die Außerirdische hatte ziemlichen Erfolg, nicht wahr? Jay Katz hatte sie richtig eingeschätzt: das Geld rollte tatsächlich. Vor kurzem hat Venus auch die künstlerische Kontrolle über ihre Filme erkämpft und gründete eine eigene Produktionsfirma. Und warum nicht? Jede goldene Henne kann auch Boss und Künstlerin sein, solange sie schön goldene Eier legt. Heute hat sie doch einen Agenten, und sogar mehrere persönliche Assistenten. Ich musste sie verlassen.

Venus ist blind für das, was an ihrer Stelle die einfachste Doofe sehen würde. So weit ich mich ihr auch in den Anfangsmonaten genähert hatte, sie blieb fern. Nie war sie grob, nie böse, nie nervös, immer imstande einem die verstecktesten Gedanken zu lesen. Aber sie, die die Gedanken so gut zu lesen vermochte, konnte keine Gefühle deuten. Niemandes Liebe kann sie erreichen, während sie stundenlang weint. Jede Nacht bete ich zu Gott, er möge Venus' ganze Trauer in Glück umwandeln, aber nachdem ich Hollywood kenne, weiß ich, dass sie noch immer weint. Immer dann, wenn sie glaubt, dass sie niemand hören kann.

* * *

Es war am fünften Januar 1972, am späten Nachmittag.

Frau Trauer von Teppich wachte aus der Narkose auf. Es war geschafft. Etwas befreite sich von ihrem Körper. Es kroch auf die Welt wie ein Insekt aus seinem Kokon, den es nicht mehr brauchte. Trauer von Teppich war wieder leer, wie eine Schale. Den anderen Gebärenden brachten ihre Männer Blumen und Pralinen, saßen ständig vor ihren Türen, stiegen beim Fenster ein, wenn die Ärzte sie nicht hineinließen... Ihr Mann war wahrscheinlich in Samobor, mit der Frau von jenem Geiger. Dort sah man sie vor zwei Wochen Hände haltend. Oder er war mit dieser Soubrette, Koraljka, aus dem HNK. Oder mit einer dritten, über welche sie noch nicht Bescheid wusste. Der junge Dozent vögelte im Prinzip alles, was nicht seine Angetraute war. Trauer von Teppich drehte ihr Gesicht zur Wand.

- „Sie haben ein wunderschönes Baby, gnädige Frau. Wollen sie es nicht nehmen? Das Mädchen ist schwer wie ein kleiner Puter. Vier Kilo hat es! Sehen sie die Beinchen an: Schenkelchen wie bei einer echten Frau! - Sie müssen jetzt die Kleine säugen. Nehmen sie sie. No? Warum wollen sie nicht?" -

Trauer von Teppich hatte Brüste voller Milch, aber sie starrte regungslos weiter die Wand an. Eine halbe Stunde redete ihr die

Krankenschwester beharrlich gut zu, damit sie aus der Katatonie aufwachte und drückte ihr das jetzt schon weinende Kind in die Hände.

- „ Was wenn es mir aus den Händen fällt?" -
- „ Es wird ihnen nicht aus den Händen fallen, gnädige Frau!" -
- „ Sie ist so schwer, heiß... Und sie zappelt..."
-
- „ Das ist normal, gnädige Frau. Sie haben ein wunderschönes, gesundes Mädchen. Es ist alles in Ordnung. Sehen sie die wenigstens an! Was für Augen sie hat, sehen sie es nur! Wenige Kinder werden schon mit dunkelbraunen Augen geboren. Das wird eines Tages eine Schönheit. Ich weiß das. Merken sie sich was ich ihnen sage!" -

Trauer von Teppich wartete schweigend bis die Schwester das Zimmer verließ. In ihren Händen hielt sie das Paket, das sie aus Versehen vom Storch bekommen hatte. Sie wollte sich nicht einmal daran erinnern, dass sie es in ihrem Inneren getragen hatte. Eine lange, hässliche, einsame Schwangerschaft, verbracht in der Erwartung, dass ihr Mann doch erscheinen, oder wenigstens anrufen würde. Man verständigte ihn rechtzeitig, dass seine Ehefrau im Krankenhaus war. Das rief ihn aber nicht herbei, nicht einmal für fünf Minuten. Ein widerlicher Kerl.
War sie jetzt Mutter? War dies ihr Kind? Wie es mit Händen und Füßen ruderte, wie ein Käfer... Draußen fing es an zu schneien, große

weiße Schneeflocken. Ihre Mutter hätte gesagt: „Die Engel machen Großputz."… Trauer von Teppich öffnete das Fenster und streckte die Hände in denen sie das Kind hielt hinaus, in den Schnee. Ihre Hände begannen über dem Abgrund zu zittern… Die Mutter der Trauer von Teppich hätte gesagt, dass alle Engel tote Kindlein sind…

Eine Schneeflocke fiel dem Baby gerade auf die Nase. Es öffnete die Augen und lächelte. Die Augen waren genau gegen den Himmel gerichtet, weiß von den Schneeflocken. Augen, die in sich die ganze Welt hatten und sich vor nichts fürchteten, noch nicht.

Trauer von Teppich zog sich vom Fenster zurück. Sie stand mitten im Zimmer, vor dem Spiegel. Im Rahmen des Spiegels war das Bild einer jungen Frau molliger Statur, hübsch - jüdisch. Im Arm hielt diese Frau… Wen? Was? Ihre Tochter? Noch immer war ihr jedes Gefühl fern.

„ Unsere Spiegelbilder existieren in fremden Äußerungen und sie sind auch in den Spiegeln? Wenn die Einen die Anderen bestätigen, lohnt es sich ein Kind zu haben? Heute und nur heute werde ich Mutter sein? Morgen kann ich es mir anders überlegen? Wenn die Spiegelbilder etwas anderes sagen? Im Leben gibt es unendlich viele Möglichkeiten? Nichts ist endgültig? Nicht wahr? NICHT WAHR??? - Ich bin hübsch. Ich bin noch jung. Noch immer!" -

Trauer von Teppich lächelte nun dem Spiegelbild des Kindes zu. So lange bis ihr Blick nicht auf die eigene Nase fiel, blau und geschwollen. Während der Wehen hatte sie sich mit der Hand darauf geschlagen, bis sie gebrochen war. Wieder spürte sie den scharfen Schmerz. Sie senkte den Blick auf das Baby auf ihrem Arm. - Jetzt sah sie es zum ersten Mal aufmerksam an. Und dann sprach sie zu jedem einzelnen Körperteil des Babys. Laut, langsam, ein Wort nach dem anderen. - „DU bist schuld daran. DU hast mir die Nase gebrochen." Sie seufzte tief und fügte etwas leiser hinzu: „DU hast meinen Bauch für immer ruiniert."

Was für eine Erleichterung! Trauer von Teppich fühlte sich wesentlich besser.

AUFZEICHNUNGEN AUS MAGDALA

Ein Gruß an Sri Guru, der wahrlich alle diejenigen rettet, die ihm ergeben sind, diejenigen die selbst die Krone des weltlichen Lebensbaumes erklommen haben und von dort in den Ozean der Hölle hinunter gefallen sind...

Derjenige, der sich unwissend hält, weiß es;
derjenige, der sich wissend meint, weiß es nicht.

Gruß an Sri Guru: Damit ich das wahre Begreifen der Welt empfangen kann, in Dir sehe ich meinen Vater, meine Mutter, meinen Bruder und meinen Gott.

(Sri Guru Gita)

Schon immer fürchtete ich die Einsamkeit. Ich erlebte sie jedes Mal als Stempel. Als einen Beweis, dass ich nicht einmal geboren werden sollte - so wie jenen Teil des Weges zwischen Boden und Abgrund, wenn der Mensch verzweifelt und mit den Händen um sich schlägt, im Versuch zu fliegen und sich vom Fall zu retten. Ein Teil der Bestimmung bis zu jenem Augenblick, wo wir anfangen uns mit dem Schicksal zu versöhnen. Ich bin ein geborener Einsiedler. Während andere Mädchen mit Puppen spielten, oder sich in Prinzessinnen und Elfen verkleideten, stand ich abseits. Während Buben Ball und Krieg spielten, stand ich abseits. Ich fühlte mich mächtig und gut, bis ich nicht eines Tages zu glauben begann, was andere von mir dachten: Ich sei merkwürdig. Erst ab jenem Tag fing die Einsamkeit an – so wie Migräne.

Erster Versuch: Ich mag meine Eltern nicht einmal erwähnen. Sie sind unwesentlich. Gewiss.

Alle Kinder sind zum Teil Opferlämmer - und hier fand mich Jesus. Weil er die Machtlosen und nach Verständnis Hungernden liebte und verstand. Da berührte die Spitze seines Fingers meinen Finger. Hier zerfiel mein ganzes Sein zu Staub und Asche und floss aufgelöst in meinen Tränen hinaus, wie ein Bächlein Ruß. Und da begriff ich, dass auch ich Jesus war, ein Teil Gottes, sogar Gott selbst, wenn ich in das einwillige. Und hier begannen wir, etwa fünfzehn Leute, ein einziges Mosaik zu bauen, geduldig, ein Steinchen nach dem anderen. Damals waren wir so glücklich, wie nie zuvor oder danach. Aber zu jener Zeit konnten wir das noch nicht wissen.

* * *

Seit eh und jäh wunderte ich mich über die menschliche Gier, über den Wunsch nach Besitztum und den Schmerz, welchen dieser verursachen kann. Ich hatte nie jemanden auf solch eine Weise geliebt, um ihn besitzen zu wollen. Auch Erotik war mir nie wichtiger als Freundschaft. Und doch, nie hatte ich Freunde – auch keine Freundinnen. Gute Menschen kommen erst zum Schluss – wenn sie endlich begreifen, dass sie tatsächlich einsam sind wie ein Hund, inmitten des Kreises, den sie sich selbst gepflügt hatten, wie die Göttin Hestia – aber erst nach vielen Jahren des Knurrens und Lästerns. Wenn jede Frau begreift, dass man nicht imstande ist ihr den Mann wegzunehmen, dann kommt eine gleichgültige Wohlgesonnenheit… Und die Männer ignorieren sie am Ende sogar. Vielleicht ist es uns allen auf diese Weise leichter.

Meine Haare trug ich, und trage ich noch, immer offen, üppig, wie einen roten Wasserfall, der in großen Locken fällt. Jesus sagte mir oft, dass Gott die Welt mit meiner Schönheit geschmückt habe. – Er sagte mir das jedes Mal wenn er merkte, dass ich mich unter der Bürde der Männerblicke in mich zurückzog, wenn er hörte wie meine Stimme unsicher wurde, ähnlich einem schwachen Blöken, während mich eifersüchtige Frauen beobachteten... Dann beschützte er mich vor allen. Er trat näher, und blieb so einige Zeit ganz nahe bei mir: Meine Tränen flossen dann und versiegten und ich war wieder stark, tapfer und voll, ein Teil Gottes und Gott selbst. Neben ihm wird einem bewusst, dass alles nur hier und jetzt ist, dass gerade dieser Augenblick über alles entscheidet, ein Sonnenstrahl, das Summen der Bienen – Es wird einem klar, dass die Zeit nur eine Erfindung der Menschen ist, damit sie den Gedanken an die Unendlichkeit ertragen können.

Anfangs verzehrten sich die Menschen vom Wunsch uns zu bagatellisieren, herabzuwürdigen, in den Mist zu werfen – vor allem Jesus. Er kommunizierte mit jenem Teil von ihnen, der vor allen anderen verborgen war; er war ihre Mutter, ihr Erzeuger... Mit Jesus Liebe zu machen, wäre dasselbe wie es mit der eigenen Mutter zu tun – ich denke, auf diese Weise kann ich denen, die zu Zynismus neigen am besten die Dinge erklären.

Das Geschlechtliche steht mit einem ganz anderen Teil der Persönlichkeit in Verbindung und der war ganz unwichtig. Jesus interessiert sich nicht dafür, ob sie regelmäßig Beischlaf haben oder nicht. Er selbst beherrschte natürlich seine organischen Triebe. Achtzehn Jahre studierte er die Techniken der indischen Jogis und war darin Meister. Eigentlich war es für uns nicht wesentlich, ob Jesus tatsächlich

Gott war. – Wir liebten ihn einfach und wussten, dass wir Gutes tun solange wir ihm folgten. Die Menschen sagten er hätte uns verzaubert, doch er gab uns weit mehr als einen Zauber. Ich würde sagen, er schenkte mir mich selbst zurück, das alles was ich bei meiner Geburt gewesen war und was während des Wachstums zertreten, erschrocken, lebendig begraben wurde – das, weswegen wir unsere Eltern hassen.

Unter allen seinen Freunden war ich die einzige Frau, die aktiv von der Kälte des eigenen Heimes flüchtete. Ich war eine von denen, die im Leben nichts anderes tun können außer – zu sein. Es existieren Geschäfte, aber die sind unwichtig. Erfolg ist möglich, aber zufällig. Weder wollte ich, noch konnte ich die typischen Frauenarbeiten machen. Kochen konnte ich einfach nicht. Als Kind ernährten mich Frauen, die das Kochen als alltägliche Verpflichtung hassten. – Ihr Unmut spiegelte sich in meinem Appetit und meiner Einstellung zum Essen wider. Tatsächlich, als mich Jesus die uralte tägliche Jogatechnik des Lebens von dem Prana lehrte, wurde ich gerettet. Essen berührte ich schon fast seit zwanzig Jahren nicht mehr. Nachdem mich Menschen nicht genug liebten, um meine Hilfe anzunehmen, versuchte ich auf diese Art gut zu sein.

Meine Talente und meine Ausbildung waren mehr als überdurchschnittlich, aber meine frühen Jahre waren zu düster, als dass ich irgendeine Neigung entwickeln hätte können. Bei mir ging es immer nur darum, wie die Zeit mit mir selbst zu verbringen. Das war meine ganze Arbeit. Markus, Lukas, Johannes und Matthäus – sie alle wünschten sich, dass man sie liest, dass man sie achtet, wie Zeugen großer Veränderung. Sie stritten sich untereinander, weil jeder von ihnen sich wünschte, dass nur seine Wahrheit überlebte, als Gesetz über allem was gewesen war. Mir war es eigentlich gleich. Ich wollte nur glücklich sein. Und noch immer lerne ich wie ich das mir gestatten kann: Nur deshalb bin ich noch hier, so alt wie ich bin. Ich bin unwahrscheinlich hartnäckig.

* * *

Zu jener Zeit musste Salome etwa neun Jahre alt gewesen sein. Sie war ein merkwürdiges Kind, das tagsüber durch die Gänge im Palast seines Stiefvaters umherirrte, ganz ohne jegliche Aufsicht. Eigentlich wurde sie erst sonderlich, nachdem der Stiefvater sie zu einem seiner Gelage holen ließ, als verweinte und verschlafene Fünfjährige. Dann steckte er sie – man nannte das „Opfer auf dem Altar des Gottes Priapos darbringen“ – auf einen halben Meter hohen Phallus aus Onyx, während alle Anwesenden begeistert klatschten.

Seit jenem Augenblick wurde sie unerziehbar. Sie überschüttete jede ihrer Ammen mit sorgfältig kombinierten obszönen Ausdrücken, dass die armen Frauen zu weinen anfingen und ihre Niederlage auf der Stelle zugaben. Das Kind kontrollierte seine

Übergeordneten mit festem aber launischem Händchen, so wie eine echte Prinzessin. Nur die Eltern waren immun. Herodiade, die Mutter und Schönste im Land, zog nur einen langen Zug Opiumrauch aus der mit Diamanten geschmückten Wasserpfeife und setzte ihre Verschönerungsrituale fort. Der Stiefvater aber, dieser blasse verweichlichte Säufer, richtete seinen langen, langsamen Blick auf sie; mit jener eigenartigen, zögernden Absicht, welche sie schon kennen gelernt hatte, die sie aber niemals weder zu entschuldigen noch zu verstehen fähig sein wird.

Salome wuchs heran, mager und weiß wie Elfenbein, mit dunklen Ringen unter den eigenartig reifen und glänzenden Augen. Sie hatte Angst einzuschlafen, weil sie fürchterliche Träume und Erinnerungen an die so genannten Zärtlichkeiten des Stiefvaters plagten, aus welchen sie mit Schreckensschreien und tränenüberströmt aufwachte. Herodiade war nicht gerne Mutter. Salomes Heranwachsen erinnerte sie an den unerbittlichen Zahn der Zeit, der sie unwiderruflich annagen wird. Hätte sie können, sie hätte diesen Balg, wie ein Kätzchen, sofort nach der Geburt erwürgen lassen. Doch zuletzt begnügte sie sich damit, das Kind völlig zu ignorieren, es nicht einmal zu bemerken; darin war sie einmalig.

Salome sah eigentlich aus wie eine Kreuzung zwischen Siamkatze und Schakal: Eine Schönheit von eigenartiger, graziler Unregelmäßigkeit unter welcher vulkanischer

Wille und Kraft zu brodeln schienen. Sie liebte das Lesen, spielte und lachte nie und war bemüht Gesellschaft zu meiden. Am liebsten spazierte sie im Labyrinth der dunklen Gänge, welche zu den unterirdischen Gefängnissen führten.

Die Gefängniswärter waren ihre einzigen Freunde. Sie hoben ihr die menschlichen Überreste der Exekutionen auf, die damals zahlreich und oft stattfanden und berichteten ihr die Einzelheiten der fürchterlichsten Hinrichtungen. Mit der Zeit lernte Salome wie ein Spitzenchirurg Teile der menschlichen Innereien zu erkennen. Gerne beobachtete sie die Gefangenen in ihren letzten Stunden, zählte die Unterschiede in der Haltung vor der Folter und danach, und bemerkte, dass jeder Mensch ein anderes Quantum an physischer und geistiger Kraft hatte.

Manchmal sprach sie mit diesen Menschen. Der ernste Blick des Kindes und das Zuhören ohne Unterbrechung erzeugten für gewöhnlich bei diesen Leuten, die nichts mehr zu verlieren hatten, eine echte Flut von Beichten. Eines Tages entschied Salome, ihr Köpfchen nach dem Vorbild ihrer Gesellschaft rasieren zu lassen.

Damals rasierte man die Köpfe der Gefangenen aus hygienischen Gründen, weil Wasser in dem heißen, trockenen Klima sparsam verteilt wurde, und das hauptsächlich zum Trinken. Herodiade lachte laut und perlend, als sie ihre rasierte Tochter sah. Jetzt würde wahrlich niemand eine

Verwandtschaft zwischen ihnen vermuten! Aber Herodes begehrte sein Stiefkind jetzt erst recht, weil ihn ihr rasierter Kopf und der schmale Körper ohne Rundungen an die Bübchen erinnerte, die man ihm während des Bades brachte, damit er mit ihnen spielte, ganz nach der neuesten Mode aus Rom... Als Salome ein Baby war, konnte Herodes leicht sein Glied in ihren Mund stopfen. Die Sklavin, welche auf das Kind aufpasste, wurde erwürgt und durch eine neue ersetzt, so gab es keine Beweise über die Vergnügungen des Kaisers. Aber als das Kind anfing zu zahnen, biss es einige Male nicht gerade schwach zu, da es zu ersticken drohte. Herodes bekam Angst um seine Männlichkeit und gab es auf. Doch Salome wuchs mit einem Gefühl unerklärlicher Wut in sich heran und litt unter zeitweiligen Erstickungsanfällen, die der Epilepsie ähnlich waren, welche die Ärzte des Herodes als ein Asthma diagnostizierten.

Die Wut und der Hass waren größer als Salomes Körper: sie konnte sie nicht unterdrücken. Loswerden konnte sie sie nicht, indem sie diese offen zeigte, da es um ihr Leben ging. Sie wusste genau, man würde sie auf das erste Zeichen eines veränderten Verhaltens im Schlaf erwürgen, genauso wie jede ihrer Ammen, kaum dass sie sich an diese zu gewöhnen begann.

Und so wuchs Salome heran, dem Anschein nach ausgeglichen und ernst. Doch in den Augen, so blau wie ein Vergissmeinnicht, legte sich eine bleierne Härte nieder.

* * *

Das einzige Geschöpf auf das mein Äußeres gar
keinen Eindruck machte, war Jesus Mutter
Maria. Was für eine Ermutigung! Meine
Schönheit berührte sie einfach nicht, weder auf
gute noch auf schlechte Art. Ihr Sohn machte
mir immer Komplimente: er nannte mich
„Schönheit", sobald er in mir einen Schatten der
Trauer ahnte (er spürte sie immer bevor ich sie
selbst merkte) und er versuchte meine
Aufmerksamkeit auf die Schönheit in meiner
Umgebung zu lenken: Stundenlang erklärte er
mir, dass diese nur ein Rahmen für meine eigene
Schönheit und Vollkommenheit war. So rettete
er mich Tag für Tag von der tödlichen
Depression.

Aber seine Mutter war einfach ein
Freund. Sie war nicht jene katzenhafte,
verlogene Variante einer Freundin, deren
Freundschaft aus Händchen halten unter Wasser,
Schmeicheleien, Lügen und Ausrichten der
Besseren als man selbst ist, bestand; die ich
immer gemieden hatte. Sie war eine Person von
Format. Wenn einer nur ein Mal mit ihr
gesprochen hatte, der fühlte sich für immer
angenommen und gut. Wir nannten sie Mame,
weil sie tatsächlich so einen Eindruck hinterließ
– vielleicht gerade dank dieser ihrer
Schlichtheit. Doch sie war eher alles andere als
gewöhnlich. Sie beherrschte ausgezeichnet
Latein, Griechisch und Aramäisch. So wählte sie

einst, in Übereinstimmung mit dem eigenen Wissen, die Lehrer für ihren Sohn aus, bevor sie ihn auf den Weg nach Indien schickte. Unter einem männlichen Pseudonym arbeitete sie an gerichtlichen Übersetzungen aus dem Lateinischen und verdiente so ihr Geld. In der Jugend hatte sie sich mit einem viel älteren Mann verlobt, unter der Bedingung, dass er ihr das Arbeiten außer Haus erlaubte.

Als sie nach dem Willen des Schöpfers selbst schwanger wurde, freute sie sich darüber, dass er sie auserkoren hatte. Sie hatte den Mut, der aus vollkommener Unerfahrenheit hervorging, aus dem Nichtkennen der Fraulichkeit, des Mutterinstinktes und dem Nichtkennen der Rohheit der Menschen ihrer Zeit unverheirateten Müttern gegenüber. Der Wille Gottes erschien ihr damals wie ein Abenteuer. Und doch war sie Frau genug, um Josef nicht zu sagen, dass sie von sich aus, vom Heiligen Geist, empfangen hatte: Sie sagte ihm nur, sie verlasse ihn und überließ sich dem morgendlichen Erbrechen, den Hungerattacken, den geschwollenen Fußfesseln und anderen Freuden der Schwangerschaft. Sie fühlte sich einsam, wütend und vom Weltall herausgefordert, aber sie bat niemanden um Hilfe.

Bald musste sie das Elternhaus verlassen, noch dazu als Ausgelachte, mit ruiniertem Ruf, ohne Unterstützung und ohne einen Schekel. Ich weiß nicht wie viel Josef wirklich von dem Willen Gottes verstand, aber in diesem

Augenblick zeigte er seine Größe: Er liebte Mame genug, um weiter um sie zu werben, obwohl er nicht der Vater des Kindes war. Sie heirateten vor der Geburt des kleinen Jesus. Diese Ehe wurde ausnehmend lang und glücklich. Wahrscheinlich verehrte Jesus die Rebellen, Ausgestoßene, Abgeschobene und Unverstandene gerade wegen dieser Mutter; vor allem wenn sie weiblichen Geschlechtes waren.

Die Mutter Jesu war und blieb mein unerreichbares Vorbild. Sie erlaubte niemandem in ihrer Nähe zu sein bevor sie starb. – Ihr Wunsch war, wie einige der Essener, allein in der inneren Versenkung weg zu gehen. Doch ich liebte sie so sehr…

Sie überredete mich, meine Bildung zu benützen. Ohne sie wäre mir das nie in den Sinn gekommen. Ich begann den ehrgeizigen Fräuleins, welche eine Heirat mit einem Römer erhofften, Stunden in Latein zu geben. Das selbstverdiente Geld ermöglichte mir aus dem kalten Haus in dem ich aufgewachsen war, wegzugehen. Das Geld war für mich ein Wunder, das Entdecken neuer Kraft und Würde. Und die Arbeit war gleichzeitig eine hervorragende Medizin gegen die Depression, von der ich heute weiß, dass sie pure Langeweile war.

Ich habe Angst vor den Menschen, bis ich nicht mit ihnen zu debattieren anfange über etwas, das mir gut bekannt ist, dann werde ich unbesiegbar. So war es auch mit dem Latein. Mein langes Haar gefiel den Müttern meiner

Schülerinnen nicht, aber dafür liebten es die Mädchen und über die Väter brauche ich nichts zu sagen. Natürlich war ich dienstlich und streng und hielt mich beharrlich an das Thema. Wenn ich bei meinen Schülerinnen einen Fortschritt im Wissen bemerkte, hob ich den Preis der Stunden und mein Ansehen stieg.

Schon immer liebte ich es, meine Ruhe, Bequemlichkeit, das Gefühl der Sicherheit zu haben. All das, was einem die Einsamkeit bieten kann. Aber die Nähe von Jesus verlangte Opfer: Es bedeutete auch andere Menschen in seinem Gefolge zu dulden, hauptsächlich ungebildete junge Männer aus der Arbeiterschicht, die mich mit den Augen verschlangen sobald Jesus den Kopf zur Seite gedreht hatte. Die Primitivsten unter ihnen waren ein echtes Rudel. Bald nannten sie sich selbst Apostel, hielten zusammen wie zwölf Finger einer Hand und zu allem was nicht Jesus war verhielten sie sich hochmütig, verschwörerisch und äußerst verschlossen. Wenn ich mich ihnen zufällig näherte schwiegen sie plötzlich. Aber immer wenn Jesus mich rief, ich solle mich neben ihn setzen, begannen sie zu flüstern und zu kichern, wie Rotzbuben. Ja, ja: ich spreche über die Autoren des Neuen Testaments. Sie mochten mich tatsächlich nicht. Es ist eigenartig, dass der Mensch gegenüber der Intoleranz nie ganz immun wird. Es helfen mir weder das Alter, noch das Meditieren, noch der Glaube. Immer aufs Neue werde ich schwach und scheu.

* * *

Jesus Cousin, Johannes, war ein geborener Schauspieler.

Wie sehr Jesus die innere Welt von Menschen beeinflusste, so wirkte Johannes auf ihre Sinne. Der Bursche konnte wirklich beeindrucken. Er war tadellos schön, voll körperlicher Energie, immer in Bewegung, immer unter Menschen: weder schlief er jemals noch schwieg er. Ständig warf er sein von der Sonne gebleichtes Haar hin und her und war am glücklichsten, wenn er seinen ausnehmend hoch gewachsenen muskulösen Körper zur Schau stellen konnte. Er musste verführen. Wenn es ihm auf Anhieb nicht gelungen war, versuchte er es auf freundschaftliche, brüderliche, väterliche Art, oder nach der Art eines Sohnes. Seine Orientierung auf jemanden war wie ein Windstoß.

Anfangs versuchte sein Blick, während des Mittagessens, mit dem Meinen Verstecken zu spielen. Als er merkte wie nahe ich Jesus stand, dachte er, auch er dürfe sich mir nähern und das auf seine typische Art. Er legte mir eine Hand um die Taille, mit der anderen packte er meine Haare und zog mir den Kopf nach hinten. Mit seiner Zunge öffnete er meine Lippen, dabei sah er mir unverwandt in die Augen. Die Apostel kicherten. Johannes entließ mich plötzlich aus der Umarmung. Ich torkelte. Seine Augen nagelten die Meinen auch weiter fest. Er grinste – von einem Ohr zum Anderen, wie ein

Kater. Ich holte mit der Hand aus, so kräftig ich es konnte, und schlug ihm über die Schnauze. Diesmal stolperte er und überrascht betastete er seine aufgesprungene Lippe. – Jetzt sah er mich ohne Lächeln, ohne Groll mit unbeschreiblicher Verwunderung in den tränenvollen Augen an – oder es schien mir nur so… Dann drehte er sich abrupt um und trug in Windeseile seine zwei Meter große Gestalt davon.

In den folgenden Tagen sah er mich gar nicht an. Jesus mischte sich selten in die Beziehungen seiner Jünger, aber seine sonnige Fröhlichkeit schmolz jeden Groll in einem fort. Er konnte die Aufmerksamkeit von jemandem auf Dinge lenken, die nur fröhlich und gut sein können, wie er selbst.

Die Woche darauf fand ich einen riesigen Blumenstrauß und eine Nachricht von Johannes vor meiner Tür: Es täte ihm wirklich Leid, er sei tatsächlich dumm gewesen und möchte wahrlich dass wir Freunde werden… Johannes ein Mann - Ein Orkan.

* * *

Johannes führte das Ritual der Taufe in die Praxis ein, mit welchem er die Anhänger von Jesus auf das Königreich Gottes vorbereitete. Ein kleiner Zirkus mit viel Lärm und Wasserspritzen. Danach folgte ein unvermeidliches Trinkgelage bei Fackellicht und Musik, Gesang, Tanz…

Als Buben von zwölf und dreizehn Jahren gingen die Cousins zusammen nach Indien, auf der Suche nach der Wurzel der Geistlichkeit. Im Ashram am Fuß des Himalaja Gebirges, übten sie das Beherrschen der Körperbedürfnisse. Aber dort, wo Jesus treu seinem Sadguru geblieben war, gab der Intellekt von Johannes dem Baba-Ji Widerstand: Johannes wollte nicht für immer auf Geschlechtsleben verzichten. Er hielt Sex für zu wichtig für Geist und Inspiration, um ihn einfach wegzuwerfen, wie den Schleier der Maya. Deshalb bat er Baba-Ji um ein Gespräch unter vier Augen und nahm einen Säckchen Haschisch mit sich: Vielleicht würde es dem Baba-Ji die Zunge etwas lockern und er gibt ihm endlich Antworten auf Fragen, die ihn plagten. Baba-Ji war äußerst geizig mit Worten, aber immer wenn das menschliche Hirn seine Göttlichkeit in Frage stellte, würde Baba-Ji großzügige Liebe, die größer war als seine physische Gestalt und all das was Worte auszudrücken vermögen, einen einfach auf der Stelle beschämen. Der Zufluss des Blutes würde sich im Kopf mit einem Mal steigern, man würde den Strom des Sauerstoffs in der Lunge spüren und man würde wieder glauben. Die Wahrheit liegt in der Suche nach der Lösung die für den Einzelnen bezeichnend ist. Und so saßen Baba-Ji und Johannes am Rand des Felsens, rauchten Haschisch aus kleinen Tonpfeifen und lachten über das Leben und das Universum...

Und ihr Lachen dröhnte über den Himalaja...
Bis hin nach Tibet.

Johannes kehrte zurück nach Hause, Jesus blieb. Bei seiner Rückkehr beobachtete er Menschen wie sie im Ganges ihre rituellen Waschungen machten. Er glaubte begriffen zu haben wie er seine Landsleute auf die Geistlichkeit vorbereiten sollte, die stärker und sauberer war als die Seine. Und so begann er Menschen ins Wasser zu tauchen und die baldige Rückkehr seines Vetters aus Indien zu predigen. Ziemlich bald wurde er berühmt und ganz falsch verstanden: Er war der Traum aller Frauen und vieler Männer und man begann zu erzählen, er sei der Messias, der uns bestimmt war. Johannes war unglücklich. Seinen Frust verarbeitete er durch Sex, Wein, Haschisch und Opium. Auf so eine Art des Lebens war er merkwürdigerweise immun: Er blieb gütig.

Johannes tanzte also und stellte seine Schönheit den Blicken von Frauen und Männern zur Schau. Jede Nacht beendete er mit geräuschvollem Beischlaf im Gebüsch. Auch der flüchtigste Blick auf Johannes versprach einem so viel... Aber ich hatte mich noch als Kind etwas Anderem versprochen, das viel wichtiger war als ich selbst. Oder habe ich mich vielleicht einfach gefürchtet? Oder hatte ich so starke Sehnsucht in mir, dass sie nie gestillt werden könnte? Sei wie es will, ich leistete meinem Liebesgott Widerstand. Und er wusste es zu meinem Trost ganz gut, warum gerade ich ihn am meisten mied und ließ mich in Ruhe.

* * *

Ich habe schon erwähnt, dass die Königin Salome wegen ihres schweren Gemütes bekannt war. Aber ich wollte keine Zeit auf Erziehungsmethoden verlieren. Mich interessierte nur das Verhältnis des Geldes zur Zeiteinheit. – Meine Fachkenntnisse waren die Quelle eines guten Verdienstes. Einer der Minister des Herodes war ein alter Freund meiner Familie: er empfahl mich dem König. So fand ich mich eines Tages mit meinen Lateinbüchern und nicht ausgesprochenen Fragen im Palast ein: Wie kommt es, dass die Vormünder einer Prinzessin so auf die Schnelle einen Lehrer nehmen? Außerdem, ich bin erstens gar nicht bekannt genug, und zweitens eine Frau, und drittens: Was wird hier gespielt?

Das Kind erwartete mich ganz allein. Es saß am Kopfende des langen Marmortisches und sah mich ohne ein einziges Wort an, wie ein kleiner Puma. Ich legte alle meine Bücher in der Mitte des Tisches ab, sagte der Prinzessin meinen Namen und warum man mich zu ihr eingeladen hatte und schlug ihr vor die Unterrichtszeit für uns beide interessant zu gestalten. Dann nahm ich eines meiner Bücher, setzte mich der Prinzessin gegenüber an das andere Ende des Tisches und begann lautlos für mich zu lesen, wie Rom ein Keiserreich wurde.

Nach ungefähr fünf Minuten besiegte die kindliche Neugier den königlichen Stolz: Die Prinzessin verlangte, ich möge ihr laut vorlesen. Bald nahm sie ein Wachstäfelchen und schrieb jedes Wort auf, das sie nicht verstanden hatte. Und so wurde unser System der Mitarbeit hergestellt: Wenn ich das Kapitel beendet hatte, kehrten wir auf die Bedeutung der unbekannten Worte zurück. Sie war die klügste Person, die ich je unterrichtet habe. Das Wissen eignete sie sich systematisch an, begriff alles in Windeseile und dazu war sie voll echter Liebe für das Lernen. – Aber in Salomes Intelligenz war auch etwas anderes, etwas sehr, sehr Gefährliches. Man würde eher eine Gänsehaut als Freude wegen ihrer Klarheit verspüren. Außerdem hatte die Kleine für ihre neun Jahre eine ungewöhnlich heisere, erwachsene Stimme und harte Augen, die sie von mir nicht abließ. Sie brannte mich buchstäblich mit ihrem Blick.

Diese Stunden waren außerordentlich anstrengend für mich, obwohl mir jede Stunde einen kleinen Reichtum brachte. Ich fühlte mich wie ein Dompteur wilder Tiere. Obwohl ich Salome nicht liebte, obwohl ich von ihrer Energie Appetit und Schlaf verlor, konnte ich dem Kind meine Abneigung doch nicht zeigen. Schließlich war sie als Schülerin ausnehmend begabt und nur das hatte mich zu interessieren. Wenn wir jemanden nicht ertragen, liegt der Grund tatsächlich in uns selbst. Sind wir also gleich??? - Gott, hilf mir!

Zweiter Versuch: Meine Eltern sind tot. Sie sind ein dunkelgrauer Fleck, den ich nicht klarer sehen möchte.

Als ich von zu Hause weggegangen war, gab ich ihnen Raum mich offen auszurichten, ohne dem häuslichen Geflüster. Aber warum liebten sie mich eigentlich nicht und warum wollte der Schöpfer, dass ich gerade so wurde wie ich war? – Wer weiß das schon.

Indem ich Salome akzeptierte, nahm ich mich und meine eigene Einsamkeit und Trauer an, wenn Jesus nicht da ist um mich zu trösten. Es musste so sein. Ich musste diese Kleine lieben können.

* * *

Wenn Johannes nicht verführte, den Täufer spielte oder Haschisch rauchte, las er griechisch und ging in die Palestra. Dorthin gingen keine ordentlichen Frauen, sondern nur griechische Kurtisanen, Sklavinnen, Masseurinnen und ich.

Die Muskelarbeit gab mir das Gefühl der Sicherheit, Struktur, Macht – und tat meinem Rücken gut nach den vielen Stunden des Lesens und Übersetzens. Johannes musste mich oft von den Angriffen der Männer und eifersüchtiger Huren verteidigen. Dass er perfekt griechisch konnte war so untypisch für seine Erscheinung und für sein tägliches Benehmen, dass ich begonnen hatte zu begreifen warum ihn Jesus so achtete. Die beiden waren Lieblinge des Schöpfers – zwei Flammen verschiedener Art, die gnadenlos die Fackel verbrauchten. Um die Beiden müsste man bangen, weil die Kraft ihr Charisma in verkehrter Proportion zu ihrer kindlichen Zartheit und Feinheit war. Die Flamme von Johannes brannte horizontal, exzessiv, in die Breite, wie ein Waldbrand; während die Flamme von Jesus in die Höhe stieg, wie ein Flammenschwert.

Eigentlich konnte, weder der Eine noch der Andere über sich erzählen, an sich denken, für sich sorgen – egoistisch sein wie wir alle Übrigen... Sie wurden geboren um Führer zu werden, sie konnten keinen Augenblick so sein wie andere Männer. Umgeben von einem Haufen Bedürftiger und Verzweifelter, die sie ständig am Ärmel zupften; diese Beiden waren ganz allein. Keiner konnte ihnen helfen. Manchmal träumte ich von ihnen: verrückte, neurotische Träume, in welchen man den Einen köpfte und den Anderen kreuzigte. Schweißgebadet wachte ich auf, schämte mich meiner weiblichen Ahnungen, denen ich damals noch keinen voraussagenden Wert gab, und liebte die beiden Neffen immer mehr. Sie wurden mein Ein und Alles.

Es gab auch viele lustige Augenblicke. Für Jesus war es immer wichtig, dass alle satt werden. So bereitete er hervorragende Mahlzeiten aus Fisch, Kuskus, Reis und Gemüse. Schon als Kind sorgte er für die

190

Ernährung zuhause, während seine Mutter mit Latein und Griechisch beschäftigt war. - Natürlich kann man nicht in Ruhe aus den Fremdsprachen übersetzen, während man gleichzeitig acht gibt, dass die Milch nicht übergeht oder das Fett in der Pfanne anbrennt. - Jesus selbst aß sehr wenig, nur gerade so viel, um den anderen Gesellschaft zu leisten; nachdem er eine uralte Atemtechnik beherrschte, die einem ermöglichte alles was man zum Leben benötigt direkt aus der Luft zu nehmen. Dafür fraßen wir übrigen wie eine echte Herde.

Johannes wurde immer bekannter, immer trauriger, für sich selbst zweckloser und nahm immer mehr Opiate. Ich traute mich nicht in seine Nähe, weil ich wusste welches Ende alle seine Kontakte mit Frauen gehabt hatten: wir hatten das nicht nötig... Die Menschen sehnten sich danach, zu glauben, dass Johannes der Messias war und wir alle dachten, die Zeit wäre gekommen, dass Jesus etwas unternahm. Aber er wartete und wartete und dann, eines Tages verschwand er einfach. Als ob ihn die Erde verschluckt hätte. Die Apostel schrieen: Ist Jesus ein Feigling?

Später erfuhren wir, dass er in die Wüste gegangen war um eine extreme Form der Meditation zu beginnen, die tödlich enden hätte können. Das sollte die letzte Vorbereitung für seinen Weg werden.

Gleich nach Jesus Verschwinden ließ Herodes Johannes, genannt Der Täufer, gefangen nehmen. Nachdem Johannes im ganzen Land bekannt war, konnte man ihn nicht stillschweigend töten. Unser Herrscher war für so etwas nicht mächtig genug. Deshalb berief man drei Gerichte: das Hebräische, das Römische und das Königliche – das private Gericht des Herodes, in welchem genauso der römische Stadthalter und der Oberpriester wirkten. Alle drei Gerichte mussten binnen zwei Monate überzeugende Anklagen erstellen, nach welchen Johannes wegen Hochverrat verurteilt und offiziell hingerichtet werden konnte. Auf diese Weise hoffte Herodes seine Macht und sein Ansehen, mit etwas Hilfe seitens der Römer, zu vergrößern. Während dieser Zeit sperrte man Johannes in den Keller des Königspalastes, wo man politische Delinquenten, unerwünschte Verwandte des Königs und einige ähnliche geschätzte Opfer gefangen hielt. Johannes machte aus seiner Zelle eine echte Bühne: Tag und Nacht sammelten sich Menschen um das Gefängnis, füllten die Galerie oberhalb seiner Einzelzelle. Baten um Rat, Segen oder nur um Unterschrift und saugten jedes Wort, jeden Blick, jede noch so kleine Bewegung von Johannes auf.

Am anderen Ende des Palastes unterrichtete ich Salome, verabscheute ihren eindringlichen Blick und bemühte mich, nicht zu zeigen was ich empfand. Aber eines Tages sagte die Prinzessin: „Gehen wir zu Johannes den Täufer!" - Jegliches Abstreiten unserer Bekanntschaft hätte die Situation nur noch verschlechtert. Ich bemühte mich ruhig auszusehen.

Wir gingen also zu Johannes Zelle hinunter. Sie war angenehm, trocken und relativ hell, ähnlich einem riesigen Taubenverschlag. Zwei große Fenster ganz oben dienten gleichzeitig als Eingänge zur Galerie, von der man dem Gefangenen Wasser und Nahrung hinunter ließ. Die Zelle hatte auch eine eigene septische Öffnung – ein echter Luxus! – Und bald eroberte Johannes die Aufpasser so weit, dass sie ihm regelmäßig Wein und billiges afrikanisches Haschisch besorgten, dessen Geruch mich sofort benebelte, kaum dass ich auf die Galerie getreten war.

Er empfing uns heiter, lächelnd und frech. Er sah aus wie der junge Prinz aus einem Märchen, der im Keller Verstecken spielte. Er bat mich ihm etwas zum Lesen zu borgen. Ich sah die Prinzessin an, sie nickte und ich warf ihm einige Bücher zu, so kaltblütig wie ich es vermochte. Die Kleine schwieg und beobachtete aufmerksam jede unserer Bewegungen, wie ein Schakal auf der Lauer. Ich wusste, dass dies nicht die letzte Begegnung der Beiden sein wird. Aber das war alles, was ich jemals mit Sicherheit wissen werde. Was war tatsächlich geschehen?

Einige Tage später erschien plötzlich eine verweinte und zerrissene Salome vor ihrem Stiefvater, ihrer Mutter und einigen königlichen Beratern und ausländischen Gesandten: Zitternd, schluchzend und aus der Nase blutend erzählte das Mädchen, dass es von Johannes dem Täufer brutal vergewaltigt worden wäre. Sie hatte ihn nämlich gebeten, ihr seine Einstellung zur Welt und zu Gott zu erklären, aber er sagte darauf nur sie solle näher treten, nein, noch näher, noch näher... und dann... Das Kind hob den Rest des Kleides, spreizte die Füße und zeigte allen das geschwollene Geschlecht und auch die zerrissene Analöffnung.

Herodiade war aufgestanden und eine Schwäche vortäuschend in Begleitung ihrer Sklavinnen aus dem Saal gelaufen. Die Minister wendeten fröstelnd den Blick von dem nicht inhibierten kleinen Opfer ab und sahen den König an. Doch in Herodes Augen glänzte Triumph. Er hatte eine Anklage gegen Johannes.

* * *

Dritter Versuch: ... Mama... Papa... Ist hier jemand? - Oft träume ich von ihr, wie in meiner Kindheit, dass sie ruhig und stumm zusieht, während mich Männer vergewaltigen... Ich kann mich gut erinnern, wie ich dem betrunkenen Vater im Bett vorgelesen hatte. Genau erinnere ich mich daran, dass er meine Aufmerksamkeit, meinen Kampf um seine Liebe, nicht einmal wahrgenommen hatte. – Ich erinnere mich wie neidisch er war, weil Mama mich angeblich liebte. Sie liebte mich scheinbar nur um ihn zu erzürnen, um sich bei ihm für die außer Haus verbrachte Zeit zu rächen. - Weil ihre Umarmung immer halbherzig war: nach außen auf die Beobachter gerichtet. - Und was soll man noch sagen? Ein hungriges Baby nimmt alles an, es muss auf dem gegebenen Boden wachsen. Den Vater und die Mutter zu lieben war gleich, wie Saturn zu vergöttern, und es nützte mir genauso viel. Also gut. Leb wohl, du bleierner Ring. Am besten kann ich mich an dir rächen, wenn ich selbst gleichgültig werde – und das nur zu dir. Die Eltern den Löwen. Sie sollen krepieren. -

Meine hässlichen Träume waren wahr geworden: Johannes wird tatsächlich enthauptet. Der bisherige Messias wurde über Nacht ein unverschämter Wüstling, ein dämonischer Vergewaltiger von Kindern. Aus dem Helden wurde ein Opfer gemacht. Die Nacht vor seiner Hinrichtung entschied ich mit ihm zu verbringen. Jetzt, als er allein geblieben war, trug er nicht mehr die Maske der Sorglosigkeit.

Ich fand ihn sitzend mit gekreuzten Beinen, vertieft in die griechische Übersetzung des Sri Guru Gitta, welche ich ihm aus der Bibliothek besorgt hatte. Als ich eintrat hob er seine kobaltblauen Augen: sein Blick war auf einmal weich und voll Tränen, derselbe Blick wie damals, als er die Ohrfeige von mir bekommen hatte…

Dieses Mal war ich die, die ihm Haschisch anbot. Es schmeckte nach faulem Heu, aber ohne wäre ich nervös gewesen - Ich hatte richtig gehandelt. Unsere Berührungen hatten eine spirituelle Größe. Die Schönheit aus unseren Körpern geflochten, war das Bild des Schöpfers, Gegenstand des Neides aller Engel im Himmel... Vielleicht musste sogar Gott selbst lächeln während er unser Glück sah, das in dem Augenblick vor der allgemeinen Auflösung geboren wurde... Warum fürchtete ich mich bis zu jenem Augenblick so vor dem Körper? Meine Grenzen waren so schwach, dass ich Angst hatte ein zweites menschliches Wesen könnte mich schlucken, ich könnte verschwinden... Aber dieses Mal hatte ich das Gefühl, jemand anderer würde sich mir ergeben. Auf einmal war ich nicht mehr Gast und Beobachter im eigenen Leben, oder eine Mumie im Körper einer Frau, oder ein unverstandenes Kind auf dem Gewissen der ganzen Welt. Ich war zuhause angekommen.

- Ich war so benommen, oder er hatte sich beim Weggehen zur Hinrichtung so viel bemüht, mich nicht zu wecken, dass wir uns nicht einmal verabschiedeten... Vielleicht musste es so sein. Weder Tränen, noch Hysterie, noch Trennung durften die Erinnerung an die Verzückung, die uns in der vorangegangenen Nacht vom Gesicht der Erde gehoben hatte, verderben. Außerdem, diese Liebe wird mich nie verlassen, und ich sie auch nicht. Wir sehen uns bald.

Mich weckte eine leichte Berührung an der Schulter. Es war Salomes Amme. Im ersten Augenblick dachte ich, ich sei verloren, aber die

Sklavin gab mir einen Sack voll Geld: Der monatliche Preis meiner Stunden mal zwanzig. Die Prinzessin würde mich nicht mehr brauchen. Ich war noch schlaftrunken und zu überrascht um Fragen zu stellen. Über die Leiter stieg ich auf die Galerie, dabei fühlte ich die Blicke der Wachen am ganzen Körper. Den mir angebotenen Tee schlug ich ab und eilte nach Hause. Dort erwartete mich die Nachricht von Mame, dass Jesus zurückgekehrt war... Ich hatte keine Kraft für Freude. Was, wenn sich auch der zweite Teil meines Traumes verwirklichte? Meine Fenster verdunkelte ich, sperrte die Tür ab und kroch ins Bett. Die in der vorigen Nacht erlebte Ekstase schien mir plötzlich unwirklich. Am liebsten würde ich mein ganzes Leben, das noch vor mir lag, verschlafen.

Und doch, schon am nächsten Morgen ging ich hin um Jesus zu sehen. Ich hätte ihn beinahe nicht erkannt. Der sanfte, himmlische Junge, der für uns gekocht hatte, war verschwunden: Dies war ein magerer, sehniger Schamane mit kantigem und viel älterem Gesicht, das von Sonne und Wüstenluft wie versteinert schien. Nur noch seine Augen waren dieselben geblieben, zärtlich wie eine Liebesberührung... Und schon schluchzte ich an seiner Schulter, wissend, dass er alles wusste: was war und das was sein wird, wenn wir schon lange nicht mehr da sein werden.

Noch mehr hatte sich die Mutter Jesu verändert. Diese Frau, die einmal in jeder größeren Gesellschaft den Sohn überredet hatte, gewöhnliches Wasser in Wein zu verwandeln, sah jetzt so aus, als ob sie nie in ihrem Leben gelacht hätte. Ihre dunkelbraunen Haare waren weiß geworden, wie Leinen. Auf alle meine Fragen zuckte sie bitter mit den Schultern: „Das alles, meine Liebe, ist nur Verteidigung, Schein. Das Wissen, das Lesen, die Arbeit an sich. Ich liebe meinen Sohn tausend Mal mehr als sein teuflischer Gott: wer schert sich um ihn! Absichtlich kochte ich nicht für ihn und hielt seine Kleidung nicht in Ordnung, absichtlich trieb ich ihn von zuhause nach Indien - weil ich wusste, dass man ihn mir nur geborgt hatte, nur zum Aufpassen anvertraut hatte. Nicht einmal Mutter darf ich sein. Es gibt kein Weinen, kein Heulen, keinen Trost, keine Hoffnung. Also, sei verflucht, du lieber Gott!" –

Auf diese Worte erschien Jesus bei uns. Er legte der Mutter die Hände auf die Schultern und mit einer Stimme, die nicht die Seine war, sagte er: „...*Frau, wer bist du*"... - Es war die Stimme desjenigen Schaffenden, Erhaltenden und Zerstörenden. Wir beide fielen auf die Knie und fingen an seine Füße zu küssen. - Im nächsten Augenblick hob uns Jesus verlegen vom staubigen Boden auf, mit einem Gesichtsausdruck, als wäre er gerade aufgewacht. Und wir blickten einander an, dann lachten wir los wie zwei übermütige Mädchen.

Im Kern des Schmerzes ist manchmal die größte Freude verborgen.

* * *

Nach der Hinrichtung des Johannes, den man den Täufer nannte, war Salome spurlos verschwunden. Noch davor stiftete sie im Königspalast vor dem Gemach ihrer Mutter, einen Brand an. Ihr Schicksal machte mir keine großen Sorgen. Jemandem verzeihen, heißt nicht ihm durch die Finger zu sehen: Das ist einfach die Entscheidung jemandem zu erlauben aus ihrem Leben zu gehen, ihn von Zorn und Anschuldigungen zu befreien und in keiner Weise ihn an das eigene Schicksal zu binden. - Nach vielen Jahren kam ein Brief für mich, auf feinstem Pergament geschrieben, mit den goldenen Initialen einer berühmten römischen Matrone. Diese Dame war bekannt für ihre Tugendhaftigkeit, die ungewohnt für hohe Staatskreise war und für eine brennende Sorge um Weisenkinder und Kinder mit schlechten Eltern: Sie kämpfte für die Kleinen wie eine Löwin und wachte Tag und Nacht über die Arbeit der Aufnahmeheime, welche sie für diese Kinder bauen ließ.

Die Christen betrachteten sie als die Ihre, aber das wäre nicht möglich, weil ihr Mann ein Nachkomme von Cesars Geschlecht war und einer der höchsten Generäle der römischen Armee. - Im Brief dankte mir diese Dame, dass ich sie so gut Latein gelehrt und auf ihr Leben Einfluss genommen hatte als die edelste Person die sie jemals gekannt hatte.

Klar, sie hatte vor allen drei Gerichten gelogen. Johannes, genannt der Täufer, bedeutete ihr nichts, genauso das Christentum. Erst viel später im Leben konnte sie sich den Gedanken an die Rettung ihrer Seele leisten. Erst als sie für sich die Macht und die Sicherheit erkämpft hatte, und dieser Kampf dauerte lange: ihre Siege waren kein kleinerer Triumph, als die Siege ihres Generals. Sie wusste, dass wir uns nicht mehr begegnen werden, nachdem sie nach ihrem Tod kein Recht auf das Königreich der Gerechten hatte.

Und doch, sie wolle mir sagen, sie habe ihr ganzes Leben lang nur mich geliebt, und dass nur ich hinter ihrer Kraft und dem Willen zum Überleben stand. Deswegen bitte sie mich, ihr am Jüngsten Tage gerecht zu sein und sowohl das Gute als auch das Schlechte zu berücksichtigen. - Der Brief endete mit dem Zeichen des Fisches und dem römischen Namen der Dame. Sie war wahrscheinlich die einzige Jüdin in der Geschichte, der es gelungen war, selbst in die höchsten Kreise des römischen Reiches zu gelangen und ein Teil von diesem zu werden. Respekt, Salome.

* * *

Jesus begab sich sofort nach der Rückkehr aus der Wüste auf seinen Siegeszug. Er begrüßte mich und seine Mutter, schlief ein wenig und ging in Begleitung der Apostelschar weg, die wie eine Schafsherde war. Ich kehrte nach Hause zurück zu meinen Pergamenten und dem Meditieren. Ich entschied, nicht mehr zu schlafen, wissend was für Träume auf mich warteten. Kein Schuldgefühl durfte ich mir erlauben, weil ich anders als die Anderen war - das Gefühl, ich hätte etwas falsches getan, weil ich nicht geweint, gekreischt, mich umgebracht hatte, als man Johannes, genannt Der Täufer, tötete. Ich durfte mich nicht erinnern wie viel ich gelitten hatte, wegen der trockenen Umarmungen, die mir meine so genannten Eltern vor den Gästen erteilt hatten. Ich musste den Spott aller Buben und Mädchen, das Unverständnis aller Männer und Frauen, den Hass in den Blicken der Apostel und plötzlich ergrautes Haar der Mame vergessen.

Die Träume existierten nur deshalb, damit sie mich an das, was schmutzig und verhasst war, erinnerten, an das, weswegen ich mein ganzes Einsiedlerleben vor mir selbst flüchtete. Aber als ich aufhörte zu schlafen, kamen sie bei Tag, als ein Alptraum. Auf einmal ergossen sich über mich Flüsse von Kakerlaken. Diese flossen aus meinem Inneren, aus allen meinen Öffnungen, trippelten mit den behaarten Füßchen. Ein Geräusch wie ein Regenguss… Ich wälzte mich auf dem Boden hin und her und hörte das eigene Kreischen so lange bis mir die Stimme versagte. Und dann, mit blutenden Stimmbändern, gewöhnte ich mich anscheinend an das…

Ich sah Johannes, den weißen Schädel, den der Kindermund meiner Schülerin küsste, der Mund der Prinzessin Salome.

Dann sah ich den Lehrer, wie man ihn auf einem Esel führte, ganz in weiß gekleidet, mit seinem verlegen gütigen Gesichtsausdruck... Dann sah ich dünne Lippen wie Pergament und einen römischen Umhang...

Jesus wurde geschlagen, gefoltert, war rotbraun von seinem eigenen Blut. Überall auf seinem Körper ritzte man das Zeichen des Fisches ein, man vergewaltigte ihn, urinierte auf ihn, zwang ihn die Scheiße von jemandem zu essen... Man folterte ihn knapp bis an die Grenze des Möglichen, nie genug dass er bewusstlos wurde und wenigstens für kurze Zeit dem Ganzen entweichen könnte...

Dann ging er los über die rote Erde und über Steine auf den Berggipfel. Auf dem Rücken trug er sein eigenes Kreuz, auf dem Haupt eine Menge Dornen, von denen ihm das Blut ständig in die Augen tropfte. Und dann schlug jemand einen Nagel in meine rechte Handwurzel, dann in die linke. Nachdem ich nicht mehr schreien konnte, fing ich an zu lachen. Durch das Lachen wurde alles Schreckliche für mich unterhaltsam. Wir lachten über alles was wir zusammen erlebt hatten, so lange bis uns die Liebe Tränen in die Augen trieb. – Eigentlich starben wir schön.

Ich fiel zu Boden, zwei Meter unter seinen genagelten Füßen flüsternd verzeih, verzeih, verzeih, als ob meine Lippen ein

Haufen Nerven wären, die sich außerhalb meines Bewusstseins bewegten. Das dunkelrote Blut tropfte, wahrscheinlich aus den Wunden an den Füßen, irgendwie mild und tröstend und färbte meine Tränen rötlich.

Nie war ich der Liebe würdig. Warum willst du, dass es anders wird, warum willst du mir das Unverzeihbare verzeihen. Gern würde ich statt deiner sterben, nein, das kann man nicht aushalten, außerdem, alles ist schon beendet. Selbstsüchtige, widerliche Hündin. Ich hasse dich, ich hasse mich.

Er legt meinen Kopf auf seinen Schoß, wie den eines Kindes, trocknet mir die Tränen – Warum liebst du mich auch als Sterbender? Warum denkst du nicht an dich, an deine Rettung, an deine Fertigkeiten aus Indien – Hast du sie vergessen? – Eine dunkelrote Masse, ein nicht erkennbarer Brei aus Blut, Schweiß und den Käfern. Nicht hörbare Worte, wie mit einer Kinderhand am Himmel geschrieben.

GOTT VERZEIH IHNEN, SIE WISSEN NICHT WAS SIE TUN

Die Erde erbebte. Über mich prasselte der Putz von der Decke. Ein weißes Licht erfüllte mein Haus.

Mein Kopf ruhte auf seinem Schoß und seine Hand streichelte meine Wange. - Er setzte mich auf einen Sessel in der Küche und kochte mir Tee. Er nahm zwei Tassen, gab Honig hinein: vier große Löffel für sich, zwei kleine für mich. Typisch, wie gewöhnlich.

Ich saß da wie eine Stoffpuppe. Fürchtete mich irgendwas zu sagen: vielleicht verschwindet alles. Er setzte sich neben mich und reichte mir die Tasse und nippte dann aus seiner eigenen. Er war in weiß gekleidet. Ich legte meine Hände auf den Tisch, mit blutigen Löchern an den beiden Handwurzeln. Ich begann zu lachen: es wäre richtig, dass die Wunden schmerzen, nicht wahr? Dann zeigte auch er seine Handgelenke: an ihnen Wunden wie die meinen. Unsere Füße waren auch gleich mit den Stigmata geschmückt. Was waren wir jetzt?

Bald darauf sagte er: Ich muss gehen. Grüß Johannes, sagte ich.

Und auf einmal wurde er SRI GURU und ich fiel nieder zu seinen entzweiten Fußgelenken.
Das ganze Universum erscheint in verschiedenen Formen, aber es gibt keine Verschiedenartigkeit in ihm
Das ist nur ein Spiel der Ursache und der Folge
Ein Gruß an Sri Guru, der diese Wahrheit offenbart.

Dann lag ich am Fußboden mitten im Zimmer und lachte laut, aus dem vollen Diaphragma, wie ein Kind welches nichts versteht außer Freude. Aber er entferne sich ganz in Weiß, mit Löchern an den Handwurzeln, die wie Diamantaugen glänzten. Beim Abschied bat ich ihn um

Erlaubnis, durch eine seiner Stigmata zu blicken, aber er meinte, ich müsse mich noch gedulden: meine Zeit sei nicht gekommen. Weiter fragte ich ihn, ob ich ihn jemals wiedersehen werde und er sagte mir, dass er mit mir sein werde, solange ich atme. Dann umarmte mich ein mildes Licht und erwärmte mich:

und Jesus ging leise, die Tür schloss er hinter sich.

* * *

Was konnte ich sagen? Was lohnte sich aufzuschreiben? Sobald Jesus gegangen war, verschwanden meine Stigmata, das Ende aller Beweise. Natürlich, ich konnte sagen, dass ich dem Engel Uriel unterwegs zum Grab von Jesus begegnet war, das war viel annehmbarer.

Die Mutter Jesu konnte halb gleichmütig, halb ironisch meine Geschichte bestätigen. Es ist gleich. Jedenfalls traf ich die Apostel nie mehr. Und warum sollte ich auch? Mame zog sich in die Berge zurück, in die strenge Meditation und mir sind nur noch die letzten Worte des Lehrers, über die Atmung, verblieben. Ich dachte, er hätte gespaßt, aber es war die Wahrheit. Immer wenn ich ihn brauche, setze ich mich auf einen stillen, ruhigen Platz, lenke meine Aufmerksamkeit auf das Atmen, und das ist es: Er ist auf einmal da. Alles was ich im Leben erkennen musste befindet sich nicht außerhalb von mir. Wenig ist nötig für das wahre Glück und es bedarf wenig, dass alles was schön und gut ist, zerstört wird.

Lehrer, Dir widme ich meine Version der Wahrheit, wie auch meinen jeden Atemzug. Alles was ich jemals hatte oder haben werde, lege ich vor Deine Lotosfüße.

OM NAMAHA SHIVAYA.

INHALT